大須裏路地おかまい帖

あやかし長屋は食べざかり

神凪唐州

宝島社
文庫

宝島社

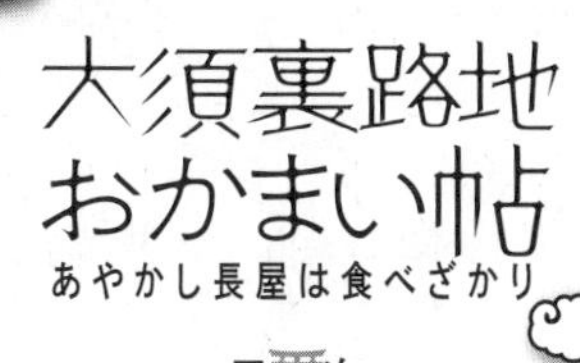

大須裏路地おかまい帖
あやかし長屋は食べざかり

目次

序　とある大須の片隅で

「高天原に神留まり坐す、皇親神漏岐神漏美の命以ちて、八百万神等を神集へに集へ給ひ、神議りに議り給ひて……」

朝日が静かに照らす小さな神社の境内にて、一人の青年が祝詞を奏げている。

青年の名は北野諒。名古屋は大須界隈の一角に佇む北野神社に奉職する、若干二十三歳の新米宮司である。

自身が中学生のときに亡くなった母親の跡を継いだ彼は、今日もまた、日課である「朝のおつとめ」に励んでいた。

起床時間は毎朝五時半。自宅の風呂で身を清めてから、白の狩衣と浅葱色の袴を身にまとい、北野神社の境内へと足を運ぶ。といっても、北野神社と諒の自宅は小道を挟んだ向かい合わせの場所にあるため、ほんの十秒もかからない。

境内に到着すると、自宅から持ってきた竹ぼうきで周辺をさっと掃き清める。そして運んできた供物を神殿に奉げ、祝詞を奏上するところまでが一連の流れだ。

「……祓へ給ひ清め給ふ事を、天津神国津神八百万の神等共に聞食せと白す」

大須の街の平穏無事を祈りながら祝詞を奏上し終えると、諒はふうとひとつ息をついた。

あとは賽銭箱に納められた浄財を回収すれば「朝のおつとめ」は終了となる。

諒は袂から取り出した鍵で南京錠をカチャリと外すと、賽銭箱の隅から隅まで、ついでに這いつくばって箱の下にまで手を伸ばす。

そうやってようやく回収できたのは、わずか数枚の硬貨だけであった。

「はぁ、今日もこれっきり。こっちが『本家』のはずなんだけどなぁ……」

いつもと同じように神職としての一日の仕事を全て無事に終えた諒は、手のひらの上のわずかな賽銭をじっと見つめながら一人ぼやいていた。


北野神社の始まりは鎌倉時代末期。後醍醐天皇の命により菅原道真公を祭神として祀る「北野天満宮」として創建された。

しばらくすると、北野天満宮を守る神宮寺が設けられる。寺号は北野山真福寺宝生院、大須の街の名の由来ともなった「大須観音」だ。

そして時代が下ると、徳川家康の命による名古屋の都市開発――いわゆる「清洲越し」が行われる。この際、北野神社と大須観音も現在の大須の地へと移されることとなった。

その後大須一帯は、寺領一万石を誇る「大須観音の寺町」として大きく発展。名古屋下町文化の代表的な街として、現在もなお老若男女を問わず多くの人でごったがえす繁華街となっている。

こうして歴史を辿ると大須のルーツともいえるほどの神社なのだが、今やその面影はない。

立派なアーケードが備えられた商店街の喧騒から少し離れた一角、ビルの間に佇む猫の額ほどの敷地しかない小さな神社は、観光客に囲まれることも参拝客が押し寄せることもなく、ただ静かに時を刻むばかり。当然、賽銭も雀の涙ほどである。

もちろん信仰は賽銭の多寡で測られるものではない。

しかし、賽銭は神社を維持するために必要な資金であり、何より神職たる諒の貴重な「生活の糧」である。

小規模な神社で生計を立てることの難しさは、一年と少し前に大須の街へ帰ってくるときに覚悟していた。とはいえ、喫茶店のモーニングすら頼めないような金額しか入っていない状況が毎日続くと、さすがに応える。思わず溜め息が漏れるのも無理はなかった。

しかし、どんなに見つめようと賽銭が増えることはない。諒はわずかな小銭を手の中でチャラチャラと鳴らしながら、急ぎ足で自宅へと戻る。

神職としての仕事を終えたら、「生活の糧」を得るためのもうひとつの仕事が待っているからだ。

自宅の二階にある寝室へと戻った諒は、狩衣を脱ぐと、黒シャツにジーンズへと手早く着替える。外に出るには寒いが、火を扱う仕事場の中ならこれでちょうどいい。トレードマークであるバンダナをキュッと頭に巻き、再び階段を下りていった。

下りた先にかかった暖簾(のれん)をくぐると、まず目に入るのが古びた木製の角椅子が並んだL字型のカウンター。その内側には業務用のコンロや焼き台、シンクなどが並び、その間を縫うように調理器具や食器が所狭しと積まれている。

カウンターの背後には二人掛けの小テーブルが二つ。こじんまりとはしているが、立派な料理屋の造りだ。

自宅の一階にあるこの場所もまた諒の仕事場。

「なご屋」と名付けられたこの小料理屋の雇われ店長が、諒が生活の糧を得るための「もうひとつの仕事」である。

「なご屋」の営業は朝と夜の二部制。これから始まる朝営業は同じ長屋で暮らす住人のための朝飯処、夜は街の人達が集う居酒屋としての営業だ。

ざっと手を洗うと、諒は大鍋の中に沈めておいた昆布と煮干しを取り出してからガスコンロに点火する。

やがてお湯が沸いたら薄く刻んだ大根とニンジン、長ネギ、油揚げ、ついでに前日の残り物である豚肉の切れっぱしも入れてしまう。そこに三州みりんと八丁味噌（みそ）、さらに西京味噌を少しだけ合わせ、静かに煮立たせた。

続いて玉子焼きを手早く焼き上げると、前日の残りのきんぴらごぼうも温め直す。

そのうちにピロローと電子音が鳴り響き、ご飯の炊ける甘い香りが漂ってきた。

「諒くーん、そろそろいいー？」

できあがりつつある朝食の匂いにつられて窓からひょこっと顔を出したのは橘美禄（たちばなみろく）。同じ長屋で暮らす住人の一人だ。諒は炊き上がったばかりのご飯をざっくりかき混ぜながら、首を長く伸ばした彼女にちらりと視線を送る。

「ボチボチいいですよー。でも美禄さん、あんまり横着してると、見つかって大騒ぎになっちゃいますよ？」

「だってこっちのほうが早いし楽だしー。そしたら双葉（ふたば）とすぐにそっちいくから、二人分の用意お願いね」

美禄はそう言い残すと、伸ばしていた長い首をしゅるっと縮め、顔を引っ込めた。

いくらこの長屋の中なら大丈夫とはいえ、通りがかりの人にでも見られたら一大事だ。諒の口から思わず溜め息が漏れる。

とはいえ、今はそれを考えているときではない。間もなくやってくる長屋の住人のため、急いで準備を整える必要があった。

瀬戸焼の平皿には玉子焼きを、美濃焼の小鉢にはきんぴらごぼうを盛りつける。小皿には昨日のうちに仕込んでおいた白菜の塩昆布和え。一味唐辛子を効かせたピリッと刺激的な一品である。

そして炊飯ジャーを脇の棚にドンと載せれば準備は万端。ちょうどそのとき、扉がガラガラっと開いた。

「改めておはよーっ。ごはんごはんー」

「うーん、今日もいい匂いだねぇ。この分だと和定食ってところかな？」

一番乗りでやってきたのは先ほど顔を出していた美禄と、彼女のルームメイトである松原双葉。カウンターに並んで座った彼女達に、諒がペコリと頭を下げる。

「らっしゃい。今朝は冷え込んだし、豚汁定食がいいかなーって」

「やった！　私の大好物ーっ！」

満面の笑みを浮かべた双葉が手を叩くと、美禄が目を見開く。

「やばっ。双葉ちゃんにホンキ出されたら、あっという間になくなっちゃうじゃん」

「何よー、私だっていつもそんなにガツガツ食べてるわけじゃ……」

「とか言いながら、もう後ろの口がしっかりスタンバってるじゃなーい！　諒くん、こっちにご飯大盛り、先にお願いね」

双葉の後頭部を覗き込みながら、美禄が慌てて諒に催促する。

「ははは、大丈夫っすよ。今日はそんな気がしてたんで、ご飯もガッツリ炊いてます。双葉さんもどうぞ遠慮せずに」

「ほう。そういうことなら、遠慮なしにいっちゃおっかなー」

諒の言葉に、双葉の瞳がギラリと光る。

（しまった。コメ、足りるかなぁ……）

余計な一言を言ってしまったことに気付いた諒は、二人に大盛りのご飯茶碗を差し出しながら、予備の炊飯器で追加のご飯を炊く算段を始めていた。

●

「んーっ、おいしーっ！　諒くん、ますます腕を上げてるねぇ」

少し甘めの玉子焼きにぱくりとかぶりついた美禄が、屈託のない笑みを浮かべる。

双葉も豚汁をひと口すると、うんうんと相槌を打った。

「ホント、この長屋に住めて良かったって思う瞬間よねー」

「そう言ってもらえると嬉しいですねぇ。双葉さん、そろそろお代わり用意しましょうか？」

「もちろん！　おにぎりにしてもらってもいい？」

「分かってますって、もう用意してありますよ」

諒はそう言うと、大皿を双葉に差し出した。

山と積まれているのは大量のおにぎり。双葉は少しはにかみながらその皿を受け取ると、真っすぐなロングヘアでおにぎりを持ち、後頭部に開いた大きな口に次々と運んでいく。

美禄や双葉が見せる異形の姿は、彼女達が「あやかし」であるという証だ。

人が集いし場所にはあやかしの影がある――古の時代より続く人とあやかしの関わりは、時代ごとに形を変えながら今なお受け継がれていた。

江戸の頃より栄える大須の街にも多くのあやかし達が暮らしている。

その事情は様々であり、人々の暮らしを見守るためにやってきた者もいれば、単に人との交わりを求める者、また特別な使命を帯びてこの地で暮らす者もいる。

そんなあやかし達の住家となっているのが、この「あやかし長屋」。そして諒は長屋で暮らす唯一の人間であり、大須の街でも数少ない、あやかしの存在を知る人物であった。

「もー、諒くーん、お代わりまだー？」

予備の炊飯器をセットして一息ついていた諒の目の前に、「ろくろ首」の美緑が首をにゅいっと伸ばしてくる。

もちろん普段は正体を隠しているのだが、あやかしにとっては少々窮屈なところもあるようだ。長屋の中ではこうして伸び伸びと首を伸ばしていることも多く、諒にとっても日常の風景だ。

「ごめんごめん。はい、お待たせー」

「あ、私ももう一皿もらっていい？」

「ええ、ちゃんと用意していますよ」

諒が二皿目のおにぎりの山を渡すと、「二口女(ふたくちおんな)」である双葉が満面の笑みを浮かべながら後ろの大きな口で幸せそうにパクパクと食べ始めた。

その見事な食べっぷりに、同居人がつい口を挟む。

「アンタがよく食べるのは知ってるけどさ、さすがにちょっと食べすぎじゃない？」

「大丈夫！　後ろの口は別腹だからー」

「またそんなこと言ってー。こないだも『体重やばっ!?』って言ってたじゃーん」

「う、そ、それは……、仕方ないの！　諒君のご飯が美味(おい)しすぎるせいなのよ！」

「……それもそうね。ご飯には勝てないもんね」

「えっ、そこで俺のせいですか⁉」

思わぬ方向から火の粉が飛び、諒がすっとんきょうな声を上げる。飯が美味(うま)いと言われる分には嬉しいが、とんだとばっちりだ。

しかし、二人のあやかし達に聞く耳を持つ様子はなさそうだ。もしくは、単に諒をからかってるだけなのかもしれない。

ケタケタとかしましい笑い声を上げる美禄と双葉。

するとそのとき、扉がガラガラっと開き、凛(りん)とした声が響いた。

「ほほう、主らもなかなか弁が立つようになったではないか。しかし、いたいけな青年をからかうのはあまり感心せぬわな」

入ってきたのは、この「あやかし長屋」の大家である宝条朱音(ほうじょうあかね)。

透けるような白い肌に映える鮮やかな紅を引いたような唇と、まるで浮世絵の世界から飛び出したような妖しくも艶(あで)やかな美貌の持ち主である。

朱音からギロリと睨まれ、美禄が慌てて取り繕う。

「あ、朱音さん！　お、おはようございます！　どこからお話聞いてたんです⁉」

「ふぅむ、双葉が『私にももう一皿』とお代わりを請求した頃からかの」

朱音の言葉に、双葉が思わずゲホゲホとむせる。

「それってほとんど最初からじゃないですかー！　もう、人が悪いー」

「まぁ、そう言われても人ではないのだから仕方がない」

朱音が深紅の髪をかき上げると、その間から二本の角がチラリと覗く。

彼女はかつて朱夜叉(あかやしゃ)と呼ばれ人々から畏怖された鬼の姫。さらに言えばこの「なご屋」のオーナー、すなわち諒の雇い主でもある。

「それより、そちどもはそんなにのんびりしていていいのか？　そろそろ出立の時間では？」

朱音の視線の先にある壁時計、その針は八時を少し回っていた。

「やばっ！　もうこんな時間じゃん！」

「今日は新刊ラッシュだから私も早めに行かなきゃいけないんだった！　諒くん、ごちそうさまねーっ」

残ったご飯を掻(か)き込んで、二人がバタバタと店を出る。

美禄は精密機器メーカーのＯＬとして、双葉は大型書店の書店員として、それぞれの職場で普通の社会人としての一日が始まるのだ。

二人を見送った朱音が、一番奥のカウンター席(指定席)にどっかりと腰を下ろす。

諒は玉子焼きやきんぴらごぼうを盆に並べて彼女の前に差し出した。

「まったく、あやつらときたらいつまでも成長せんなぁ……」

「まぁまぁ。って、しれっと何開けようとしてるんっすか⁉」

朱音がいつの間にか手にしていた瓶を、諒が慌てて奪い取る。

「ぬぅ、せっかく良いつまみが並んどるというのに……」

「これはつまみじゃなくて朝ご飯です。まったく、朝ぐらいは酒を抜いてくださ い」

「まったく小うるさくなりおって。物言いが先代そっくりになってきおったわ」

「そりゃどーも。先代に似てきたと言われたら嬉しいっすねぇ」

「ふん、料理の腕はまだ到底及ばんさ。ほら、こいつも飯と合わせるにはちと辛みが立ちすぎておる」

白菜のピリ辛漬けをかじりながら、味の批評をする朱音。

彼女自身が料理をすることはないが、その舌は確かである。

「うーん、今日は自信あったんだけどなぁ……」

「じゃが、つまみとしては上々。ほれ、はよう酒を寄越すがいい」

「もー、結局それですか。ったく、一杯だけっすよ……」

甘いなぁと思いつつも、諒は朱音の手元に漆塗りの升を差し出してなみなみと酒を注ぐ。朱音はその升をそっと持ち上げると、コクリと喉を鳴らし、くーっと頬を緩ませた。

「しかし、お主も成長したのぉ。ほんのこの間までは『あかねおねーたーん、これどーじょっ』って可愛(かわい)く差し出してきたもんだがなぁ」

「ちょっ！　いつの話ですか？　もう俺もとうに成人してるんですよ⁉」

「そうじゃったか？　ひとの世の時の流れは早くて分からんのぉ」

　そう言いながらケラケラと笑う朱音。

　からかわれたことに気付いた諒が眉間にしわを寄せて口をとがらせる。

「ったく……。美禄さん達のこと言えないじゃないですか」

「まぁそういうな。いずれにせよ、今の妾(わらわ)はお主の『親』なのだから、これからも成長を見守らせてもらうさ」

　大家といえば『親』も同然――人間世界のその言葉は、あやかし達にはより重いものであるらしい。朱音が長屋の住人達の「ひとの世での親」として常日頃から気を配っていることを、諒もよく理解していた。しかし――。

　諒は思いをぐっと呑(の)み込み、炊き足したご飯をほぐす。ゆっくりと朝を迎える他の住人達(あやかしたち)がそろそろ朝飯を食べに来る頃だ。

　一人静かに升を傾ける朱音を目の端に置きながら、諒は再び仕事へと集中するのであった。

第一章　賑わう商店街と拾い猫

「えーっと、何がいるんだっけ……」

「なご屋」の朝営業を終えた諒が、冷蔵庫の中身を確認する。

夜の営業に備え、昼までに買い出しや用事を済ませるのがいつもの日課だ。

昨夜がまずまずの賑わいだったこともあり、食材が思いのほか少なくなっている。今日はしっかりと買い出しをしなければならないようだ。

諒は手早くメモをとると、ジーンズのポケットに押し込む。

「うー、やっぱこの時期は冷えるなぁ……」

コンロの火を落とすと、隙間風と共に一気に寒さが押し寄せてきた。

正月も明けたこの時期は一年の中でも一番寒く感じられる頃。口からついぼやきがこぼれてしまう。

とはいえ、一人でいるときに暖房をつけるような贅沢（ぜいたく）はできない。諒は椅子に掛けてあったウィンドブレーカーを羽織ると、ぶるりと身を震わせた。

（あー、今日も一段と澄んでるなぁ）

玄関の鍵をかけ、目を細めながら空を見上げる。

名古屋の冬らしい青く染まった空(ドラゴンズブルーの)には、雲ひとつ見あたらない。

諒は手に白い息をふっと吹きかけると、先代から受け継いだ愛車のベンツ――という名の大型荷台付三輪自転車(ケッタマシン)――にまたがる。

買い出しルートを思い浮かべながらゆっくりと漕(こ)ぎ出すと、冷たい風が顔に吹きつけた。

大須というのはとにかく不思議な街である。

名古屋の下町文化を代表する観光名所でありながら、地元の若者が集う活気溢(あふ)れる商業地としての側面もある。名古屋におけるサブカルチャーの中心地としても有名であり、寺町・門前町として参拝にやってくる人達も多い。

時には「秋葉原と原宿と巣鴨を足して四で割った街」などと揶揄(やゆ)されることもあるが、この「ごった煮」感こそが大須の最大の魅力であり、老若男女を問わず人々を惹きつける原動力となっていた。

しかし大須で生まれ育った諒にとっては、この街はまぎれもなく「暮らしの場」だ。商店街には近隣で暮らす人々が集う店が今なお数多く並び、平日の早い時間は徒歩や自転車で買い物にやってきている。また、最近ではコンビニや業務用スーパー、百円均一のチェーン店なども増え、より便利になっていた。

日々の生活にはもちろんのこと、「なご屋」の営業に必要なものも大須界隈でほぼ全て揃(そろ)ってしまう。それが諒にとってはなによりもありがたかった。

平日午前中の今の時間はまだそれほど混み合ってはいない。三輪自転車にまたがった諒は、アーケード通りや裏道を縦横無尽に走り抜ける。

いつものルートで数軒の店を回った諒は、出発してから小一時間ほどで「なご屋」へと戻ってきた。

「しまった、今日はブリアラもいるんだったっけ」

仕入れてきた食材を冷蔵庫にしまっていると、今日の朝営業で朱音がブリ大根を食べたいなぁと言っていたのを思い出した。面と向かってリクエストされたわけではないものの、大家兼雇い主の希望とあれば無視するわけにもいかない。

「しゃーない、もう一度出かけるか……」

諒は一人呟くと、寒風が吹く中、再び魚屋へと向かっていった。

大須本通から赤門通へと入り、新天地通の入口のある角を北へと曲がる。

もともとこの角には公設市場があったのだが、建物の老朽化のため解体されることが決まっており、少し前に約百年の歴史に幕を下ろしていた。

子供の頃から「お使い」に通った場所がなくなったことに一抹の寂しさは感じな

くもない。しかし、市場に出店していた店舗の多くは近くに移転して営業を続けており、大須の逞しさもまたひしひしと感じられた。

オレンジと黒の工事用フェンスで囲まれた建物の脇を抜け、行きつけの魚屋の前で三輪自転車を止める。

そして店へと入ろうと扉に手を伸ばしたそのとき、諒はふと立ち止まった。

甘く冷たい香りのような独特の気配がどこからともなく漂ってくる。

（あやかし、か？　それにしちゃ随分弱いが……）

伸ばしかけた手をひっこめ、真剣な表情で辺りを見渡す諒。

常人には分からないあやかしが放つ独特の気配——諒はそれを感じ取ることができる力を生まれもっていた。

あやかし達が「観」と呼ぶその力は、特段意識することなく常に発動している。諒にとっては特殊能力というより直感に近い。

古い歴史を持つ大須の街には、多くのあやかし達が集っている。諒にとっては物心つく頃から普段の暮らしの中にあやかしがいることが当たり前であり、「街のおじさんやおばさん」と変わらないごく身近な存在なのだ。

そんな諒だからこそ、「あやかし長屋」で暮らすことにも抵抗はない。そして、あやかし達にとっても、自分たちの事情を理解してくれる諒の存在は頼りになった。

とはいえ、諒が持つ「観」の力はそれほど強力なものではない。諒が感じ取れるのは「近くにあやかしがいる」ということ程度。相手がどんなあやかしなのか、どのような力を持った存在なのかまでは分からない。

それでも、気配の強弱から、どんな状態なのかはなんとなく分かる。この場に漂っている弱々しい気配は、諒には「ＳＯＳ」のように感じられた。

三輪自転車に鍵をかけ、意識を集中して気配が流れてくる方向を探る。

かすかな気配を辿っていくと、近くにある公園へと行きついた。

夕方ともなればピンク色の富士山――の形をした滑り台――によじ登る子供達の賑やかな声に包まれるのだが、今は静けさに包まれている。

誰もいない公園。しかし、確かに気配はここから流れてくる。

目を凝らして辺りを見回すと、木陰にあるベンチの下に何か黒い塊があった。ベンチに近づき、しゃがみ込むようにして覗き込む。

（子猫……？）

それは一見すると丸くうずくまった小さな黒猫のように見えた。しかし、諒はすぐさま普通の猫ではないと判断する。なぜなら、その黒猫には尾が二本生えていたのだ。

子供の猫又だろうか、いずれにせよあやかしであることは確かだ。感じていた気配もこの子猫のもので間違いない。

諒は手を伸ばすと、小さなあやかしをそっと抱え上げる。

その身体はとても小さく、小刻みに震えていた。

このまま放っておけばいずれ命が尽きてしまうであろう。

（ブリ大根は明日で許してもらおう）

朱音の怒りをどうやって収めようか考えつつも、諒は子猫を抱いて帰路を急いだ。

「いかん、いつの間にか寝てまっとった……」

カウンターの椅子に腰を掛けて腕組みをしていた諒がはっと顔を上げる。

気付かないうちに眠りに落ちてしまっていたらしい。時計を見ると既に十五時を回っていた。

普段であれば夜営業に備えて仮眠をとっている時間だが、今日は寝ているわけにはいかない。諒は傍らに置いた箱を覗き込む。

「よかった、だいぶ落ち着いたみたいかな」

タオルを敷いた箱の中では、小さな黒猫あやかしがすやすやと寝息を立てていた。

飲食店であるこの場所に動物を入れるのは好ましいとは言えない。しかし、今はこの小さな命を救うことが先決である。ましてこの子は「あやかし」なのだ。

諒は心の中で自分に言い聞かせながら、箱の中を見つめていた。

連れてきたときよりも震えは収まっている。

赤ちゃんというには大きく、とはいえ成猫にはいささか小柄。人間的な常識としては「育ち盛りの子猫」のようにも見える。

しかし、果たしてあやかしの猫も同じように考えていいのだろうか。

このあやかし猫に何を食べさせるべきか、それを諒は悩んでいた。

（まぁ、ミルクじゃなくてもよさそうかな……）

あやかしが人間の住む世界、すなわち「ひとの世」で暮らすためには、人間や動物に擬態する「仮姿（かりすがた）」になる必要がある。「仮姿」を維持するためには、相応の体力と共に、あやかしのエネルギーである霊力が必要となると以前に朱音から聞いたことがあった。

つい先ほどまで震えていたこの子猫の様子を見れば、仮姿を維持するだけの力を失っていることは容易に想像ができる。

何か温かいものでも食べさせて、少しでも力をつけさせてやりたい。しかし、この弱り方を見ると普通の食事をとるのは到底無理に思われた。それに、人間向けの濃い味付けもためらわれる。

（そうしたら、やっぱアレかな）

雪平鍋に湯を沸かし、花かつおをさっとくぐらせて出汁をとる。そして小さなボウルの中で卵をしっかりと溶きほぐすと、黄金色に染まった出汁を静かに注ぎ、固まらないうちに泡立て器でさらにかき混ぜた。

淡黄色の滑らかな汁ができたところで、もう一度軽く温める。味付けはすりおろした生姜をほんの少しだけ。普段なら醤油や塩で調味するところだが、あえて入れない。

諒が作ったのは、玉子酒ならぬ『玉子汁』。幼い頃、風邪を引くたびに母親が作ってくれた思い出の味であった。

「みゅう……」

カウンターから聞こえてきた小さな鳴き声。振り向けば、箱の中から子猫あやかしがつぶらな瞳を向けていた。

「おお、やっと起きたなー」

諒はほっと胸をなでおろす。そして、出来上がった玉子汁を椀に注ぐと、カウンターへと戻った。

ここがどこか分かっていないのであろう。子猫あやかしは辺りをしきりに見回している。

「さ、これ食べな……って、食べさせなあかんか」

椀とレンゲを差し出してはみたものの、猫の手では掴(つか)めるわけがない。思わず苦笑いが浮かんでしまう。

「しゃーねーな、今日だけ特別だぞ」

諒はレンゲを掴むと、玉子汁を一掬(すく)いして子猫あやかしの口元にそっと近づけた。

警戒しているのか、子猫あやかしはしばらくの間ふんふんふんと鼻を鳴らしている。

しかし、良い香りにつられたのか、じきにペロンとひとつ舐(な)めた。

途端、顔が大きくゆがむ。舌を大きく出して、ハーッハーッと息を吐き始めた。

「あっと、わりぃわりぃ。熱かったな」

猫が猫舌なのか、この子が猫舌なのかは分からないが、どうやら出来立ての玉子汁は熱すぎたようだ。

諒はレンゲを口元に寄せると、ふーっふーっと息を吹きかける。

十分に冷ましてから再び差し出すと、子猫あやかしはおそるおそる一舐め。やがて勢いよくペロペロと飲み始めた。

勢いがつくとなかなか良い飲みっぷりである。レンゲでは追いつかないであろうと、玉子汁を小皿に取り分け、子猫あやかしも箱から出してやる。

するとよほどお腹が空いていたのか、それとも温かい玉子汁が気に入ったのか、子猫あやかしは猛然と玉子汁をすすっていった。

何度も小皿にお代わりがよそわれ、椀はあっという間に空っぽになった。

これだけ食べられれば一安心であろう。満足げに目を細める子猫あやかしの頭を諒はポンとなでる。

すると子猫あやかしは、うーんとひとつ伸びをしてから、ひょいっとカウンターから地面に飛び降りた。

くるっと一回転して着地すると、その小さな体がにわかに光に包まれる。

「な、なんだ⁉」

その光に諒が思わず身をのけぞらせる。

あやかしに慣れている諒だが、初めて見る光景だ。

やがて光は「なご屋」を覆わんばかりに広がり、そしてゆっくりと収まっていく。

そこに現われたのは、一人の少年。黒髪から覗かせる小さな猫の耳は、先ほどの子猫の頭に付いていたものと同じに見えた。

感触を確かめるように両手をきゅっきゅと握る少年。諒がゆっくり声をかける。

「えーっと、もしかして……」

「あっ！　さっきはありがとな！　そのスープ飲んだら、仮姿に戻れたわ。おかげでほら、このとおり！」

「そ、そりゃどうも。って、君、男の子だったんだ……」

子猫の姿の愛らしさに、女の子だと思い込んでいた諒がポツリと呟く。

少年は気にしたふうもなく、元気良く声を上げた。

「ところで、ここってどこ？　それにえーっと……、おいらって誰だっけ？」

やんちゃな雰囲気を漂わせながら放たれる少年の言葉。

しかし、その軽い雰囲気とは裏腹に、言葉の中身が深刻な事態を告げていた。

「お前、まさか記憶喪失なんか？」

諒のこめかみにツーッと冷や汗が流れる。

それでも、少年は気にした様子を見せない。

「うーん、よく分かんね。気付いたらここにいたしなぁ……」

「ま、マジか……」

あっけらかんとした少年を前に、諒は呆然となっていた。

拾ったあやかしが少年で、しかも記憶喪失。これはトラブルの予感しかしない。

少なくとも、諒一人ではとても手におえる事案ではなさそうだ。

諒は気持ちを落ち着かせるようにふぅと深呼吸すると、どうしたものかと考えをめぐらせ始める。

　するとそのとき、ガララっという音と共に扉が開いた。

「すまぬ。少々遅くなった。何やらすまほに急ぎの知らせが入っておったのだが……」

　やってきたのはこの長屋の大家であり、ここ「なご屋」のオーナーでもある朱音。昼寝でもしていたのであろうか、けだるげな様子でふわぁと大きなあくびをしている。

　待ち望んでいた救世主の登場に、早速事情を伝えようとする諒。

　しかし、諒が言葉を発するよりも早く、朱音が首を傾げながら口を開いた。

「……この様子なら、どうやら妾は邪魔であったようじゃな。いやはや、失礼した。ただ、仕事場であまりいちゃこらするのはあまり感心せぬゆえ、そこは改めるがよいぞ」

「へ⁉　朱音さん、何を言って……」

　言いかけた言葉が喉の奥に引っ込んでしまった諒が、目をパチクリとさせる。

　しかし、朱音はどこか冷たい視線を送りながら、うおっほんとひとつ咳払いをした。

「しかし諒、お主にお稚児(ちご)さんの趣味があるとはついぞ知らなんだ。いや、人間というのは分からぬものだなぁ」

そのとき、傍らにいた少年が「へっくちん」と可愛らしい声でくしゃみをした。

それでようやく諒は気付いた。少年が一糸まとわぬ姿であったということに。

「ああ！　こ、これは違うんです！　てか、なんか服を着させないとーっ！」

ようやく状況を呑み込んだ諒は、ただ慌てふためくばかりであった。

●

「ほれ、これでよかろう」

商店街から戻ってきた朱音が、携えてきた紙袋を諒に手渡す。

諒はペコリと頭を下げると、それをうやうやしく受け取った。

「ありがとうございます。助かりました。よーし、こいつに着替えるんだ」

「えーっ。おいら、これでもいいのにー」

諒は渋る少年をなだめつつ、間に合わせに着せていた厚手のトレーナーから買ってきたばかりの子供服に着替えさせる。

ワインレッドのパーカーに黒のジーンズという出で立ちは、少々やんちゃな雰囲気。それでも急仕立てにしては上出来であろう。

それは朱音も同意見であったようだ。

「妾にはいまいち分からぬゆえ、そこの古着屋で適当に見繕ってもらったのだが、いやはや、なかなかに似合うとるではないか」

「ええ、これなら十分かと」

「なお、代金はお主への給金から引いておくからな。忘れるでないぞ」

「ちょっ、まじっすか⁉　今月売り上げが少なくてただでさえ歩合が少ないなーって思ってたんすけど……」

「なに、大した額ではない。お主が拾うてきたんじゃから責任もお主持ちじゃ。それはさておき、少年、お主は名を何と申す？」

思わぬ出費に凹む諒を横目に、朱音が少年に名を尋ねる。

しかし、少年は首を横に振るばかりであった。

「分かんない……」

「先ほども話した通り、どうも記憶喪失っぽいんですよね。あやかしの皆さんでもこういうことってあるんすか？」

気を取り直した諒の質問に、朱音は顎に手を当ててふぅむと首を傾げる。

「ないこともない、といったところかの。霊力が足りなくなると自我を維持することが難しくなる。仮に完全に霊力が切れてしまえば存在そのものが失われることもあるのじゃ」

「それってつまり……」

あのまま放っておけば、この少年は消滅していたかもしれないということ。

諒がゴクリと喉を鳴らすと、朱音は無言のまま首肯した。

「仮姿が解けるほどじゃ。おそらくは霊力を失いすぎて、自分が何者か分からなくなっているのじゃろう」

「なるほど……。でも、それって大丈夫なんです？　ちゃんと治るもんなんすか？」

「まぁ、完全に解けてはおらぬし、十分に霊力が回復すれば大丈夫じゃろう。むしろ問題は、なぜこれほどまで霊力が失われておったのかというほうじゃ」

意外な角度からの指摘に、諒がきょとんと目を開く。

「それは寒くて体温を奪われたから……とかじゃ？」

「それも多少の影響はあろう。しかし、この地であれば寒風を凌ぐ場所など山ほどあろう。仮姿さえ保っておれば寒さに震える前に自力でなんとでもなると思うがの」

朱音の指摘はもっともなものであった。

この大須の街であれば、商店街のアーケード下に入るだけで随分と温かい。特に最初に子猫の姿だった少年を見つけた公園からは、新天地通が目と鼻の先。ショップやゲームセンターでとりあえずの急場を凌ぐのは簡単なことに思えた。

「ということは、この子は最初からあの子猫の状態で……？」

　諒の言葉に、朱音がこくりと頷く。

「おそらくそうであろう。時に少年、お主は公園におったそうじゃが、その公園にはどのように行ったか覚えておるかの？」

「うーん、あんまり覚えてないけど……。あっ、そうだ！　最初に気が付いたとき、空に赤と青の光がぴかぴかしてた」

「ほほう、それはどんなものじゃったか、もう少し覚えてはおらぬか？」

「えっと、空の真ん中に浮かんでたんだ。で、内側の青い光がぴかぴかってなったら、黄色いのがちょっとだけ光って、で、みんな赤くなって、そしたらまた青い光がついて……ってそんな感じ。きれいだなーってしばらくボーっと見てたんだけど、その後に黒い鳥に追いかけられて、それで慌てて逃げたんだ。で、近くにあったところにとりあえず隠れたんだけど、そしたら眠くなっちゃって……」

　辛かったことを思い出したせいか、少年は元気なく俯いてしまう。

　しゅんと小さくなる少年を励ますように、諒は頭を優しく撫でた。

「カラスにでも追われたんですかねぇ」

「おそらくはな。弱っておったところを攻撃されたのじゃろう。それよりも、今の話で概ね目星はついたのではないか？」

「えっ、どういうことです？　俺にはさっぱりだったんですが……」

　驚きながらも首をひねる諒に、朱音がぴしゃりと言い放つ。

「お主はどこを聞いておったんじゃ。頭の上で青と赤の光が交互に明滅するといえば、アレしかないじゃろうが」

「えーっと、青と赤といえば信号っすよね……。ということは、この子が最初にいたのは……あ、もしかして！」

　少年の話をよくよく思い返せば、諒にもひとつ思い当たる場所が浮かんできた。

　赤門通と裏門前通が交わる赤門交差点には、全国的にも珍しい独特の形状をした信号機が設置されている。

　交差点のど真ん中に吊るされたそれは自動車用信号機を外向きに四つ合わせたような箱状の形をしており、その内側には歩行者用の信号機が組み込まれている。

　いつしか「ＵＦＯ信号機」とも呼ばれるようになったその信号機は、インターネットが発達する前の時代からたびたび雑誌や書籍などで取り上げられており、今でも変わり種スポットとして耳目を集める存在だ。

　このＵＦＯ信号機であれば、確かに少年の話とピタリと符合する。

「この子が最初にいたのは赤門交差点ってことっすか……」

「おそらくは。そしてあそこは、一種の裏門のような場所でな。稀(まれ)にあやかしの世界とひとの世が繋がってしまうことがあるのじゃ。ここからは推測になるが、おそらくは何かの拍子で裏門が繋がり、その拍子にこやつが迷い込んでしまったのじゃろう。正規のルートでない所を無理やり通ったが故、世渡りの際に霊力を搾り取られてしまった。これが妾の見立てじゃ」

「なるほど、といっても自分には理解できてないところもありますが……」

朱音の説明に、諒は素直な感想を口にする。

すると隣に座っていた少年が、諒の顔をまじまじと見つめていることに気付いた。

「ん？　どうした？」

「ねーねー、おいら、おなかすいたー」

能天気な言葉に、諒ががくっと肩を落とす。

「うーん、まぁ食欲があるのはいいことだけどさぁ……」

「よいではないか。腹が満つれば霊力も多少は回復するであろう。ということで、先ほどこのようなものも買ってきておいたのじゃが……」

朱音は傍らに置いていた白いビニール袋の中にガサゴソと手を入れ、中から二つのパックを取り出す。

パックの中には串に刺さった団子が三本ずつ。片方は醤油ダレが付いたみたらし団子、もう一方はきなこ団子だ。

「おお、角のお団子屋さんのお団子じゃないですか」

「左様。ちーとこやつに何か食わせてやったほうがよいと思うてな。ほれ、はよ茶を沸かすがよい」

「ったく、いつも人使いが荒いんすから……」

口ではそう言いながらも、諒はテキパキと動き始める。

「そうそう、この勘定も給金から引いておくゆえ、安心いたせ」

「え！　おごりじゃないんっすか⁉」

朱音から告げられた言葉に、諒は思わず茶筒を滑り落としそうになる。

「ブリ大根の一つも用意できぬような店子を甘やかすほど、妾も甘くはないのでな」

「そこっすか⁉　いや、今日ばかりはしゃーなかったんですって！　マジ勘弁してください！」

膨れっ面の朱音に、諒が両手を合わせて拝み倒す。

そのやりとりはどうやら少年のツボにはまったようで、いつまでもケタケタと笑い続けていた。

カーテンの隙間から西日が入り始めた頃、諒の部屋ではピピピピッと電子音が鳴り響く。

すると、掛け布団の中からもぞもぞと手が伸び、目覚まし時計のスイッチがバンバンと叩かれた。

「くー、もう起きる時間なのか……」

ベッドから立ち上がった諒が、けだるさを吹き飛ばすようにうーんと背を伸ばす。

普段より短いとはいえ、夜営業に向けて仮眠をとれたのはありがたい。

諒はコキコキと首を鳴らすと、ふぅと息をついた。

あれから朱音と話し合った結果、諒が拾った少年あやかしは「あやかしの世界」に戻すのがよいとの結論となった。

その理由は二つ。ひとつは、少年の霊力をできるだけ早く回復させる必要があるということ。霊力が不足した状態が長く続いてしまうと、自我を取り戻すことが難しくなる。最悪の場合、存在が消えてしまう可能性も考えられた。このままひとの世に留まっていると、仮姿を維持するために霊力の回復が遅くなってしまい、望ましくない。

そしてもうひとつ。少年がひとの世で過ごすにしても、一度は正しく「門」をくぐらせる必要があった。

朱音によると、あやかしの掟（おきて）でひとの世で暮らすことができるあやかしは原則として「『門』を正しくくぐった者」に限られるとのこと。この掟を守らないあやかしは「外道者」と呼ばれ、忌むべき存在と見られる。それを避けるためにも、一度は少年をあやかしの世界に送り、正しく「門」をくぐらせる必要があるとの話であった。

少年をあやかしの世界へ戻すため、今日の夜に大須の「門」が開かれる。

それは、今晩の諒の仕事がもうひとつ増えたことを意味していた。

「門」の開閉ができるのは「門番」の役割を担うあやかしのみであり、大須においては鬼の一族が「門番」の役目を受け継いでいる。現在は朱夜叉、すなわち朱音がその役目を担っていた。

そして、「門」を開く際にはその土地を管理する者が立ち会うことも古くからの習わしとなっている。大須においてその役目を担うのは諒。大須の「門」はあやかし長屋の目と鼻の先、諒が宮司を務める北野神社の境内にあるのだ。

諒が北野神社の宮司として戻ってきた理由の一つが、「立会人」としての役目を引き継ぐためである。先代宮司であった母も担っていた重要な役目を継がなければならないと、諒は高校卒業後すぐに神職への道へと進んだのだ。

門が開かれるのは丑三つ時（午前二時）、諒の仕事もそこまで続くことになる。肉体的な負担は決して軽くはない。それでも、今日ばかりは仕事への意欲が十二分に湧いていた。

（まぁ、どうせなら俺も見送ってやりたいからな）

孤独であることの辛さは充分すぎるほど身に染みている。身寄りもなく迷い込んだ少年の姿に、かつての自分が重なって見えた。

シャワーでざっと汗を流すと、仕事着に着替えて一階へと降りていく。

夜営業が終わるまでは朱音が少年の面倒を見てくれることになっているので安心だ。

厨房に入った諒は、いつものようにコンロに大鍋を置き、ガスのコックをひねりながら火をつける。そこに八丁味噌とざらめ、みりんなどを継ぎ足した後、下ゆでしたホルモンを一本ずつ串に刺しながら次々と入れていった。

毎日最初に仕込むどて煮は、先代から受け継いだ「なご屋」の看板メニュー。この仕込みだけは絶対に手を抜くことができない。諒はかつて先代から教わった手順を忠実に守りながら、仕込みを続けていた。

続いて諒は、もうひとつの看板メニューである串カツ用の豚肉に串を刺す作業に取り掛かる。

「なご屋」で決まったメニューはどて煮と串カツの二品のみ。それ以外は日替わりのお楽しみである。その時々の旬のもので料理を工夫し、できるだけお値打ちに食べて呑んでもらおうというのも、先代店主から受け継ぐ「なご屋」の営業方針であった。

仕入れた材料とにらめっこしながら、今日の日替わりメニューをブラックボードに書き出していく。厚揚げの煮物やツバスの南蛮漬けなど作り置きできるメニューは予め仕込んで大皿に盛りつけ、カウンターへと並べる。これもまた、母亡き後に自分のことをかまってくれていた「なご屋」の初代店主から受け継いだ流儀だ。

一人で店を回すためには、知恵を絞って工夫することが重要。高校生の頃から「なご屋」を手伝うたびに散々聞かされた「仕込みが全て」という言葉を、諒は今になって身に染みて感じていた。

午後六時よりほんの少し早く、店の入口に提灯を吊るす。

立派な筆文字で「なご屋」と書かれた少し古びた提灯が、夜営業の看板。

一見古ぼけているものの、中は第二アメ横ビル近くのパーツ屋で購入した電球色LEDに交換済みの〝最新モデル〟だ。

軒下にあるコンセントにプラグを差し込むと、橙がかった明るい光がぼんやりと辺りを照らす。すると足元に人影がすっと近づいてきた。

「グッドタイミング、かな？　もういい？」

「あ、麻里さんでしたか。ええ、もう大丈夫ですよ」

「やったっ、一番乗りー」

諒の言葉に小さく拳を握りしめると、パンツスーツを着こなした女性が店主よりも先に店内に入る。

彼女は伊勢山麻里。公認会計士として働くバリバリのキャリアウーマンだ。

麻里に続いて店内に戻った諒は、早速カウンター席に腰を落ち着けた彼女に温かいおしぼりを差し出す。

「はいどうぞ。今日は珍しくお早いっすね」

「たまにはね。ほら、最近あんまり残業するなって上がうるさくてさー。あ、とりあえずビールねー」

「はーい。今はその辺厳しいみたいですからねー。そういう意味じゃ、うちはまったくのブラック企業ってことになっちゃうんですかねぇ」

「ホントだよー。朱音ったらいっつも諒君をいいようにこき使って！　ねぇ、文句があったら私が味方になるからいつでも遠慮なく言ってね。腕のいい弁護士紹介するからさ」

「ははは、まぁ世話になってるんで……」

諒は麻里の言葉を軽く流しながら、サーバーのレバーをくいっと傾ける。

厚手のジョッキに黄金色の液体をサーッと注ぎ、最後にはきめ細やかな白い泡をふんわりと。ビール七に対し泡が三。これが「なごや屋」流だ。

「ビールお待たせっす。それとこっちが今日のお通しです」

「へー、これ何？　ニンジンと……もしかして大根の葉っぱ？」

「ええ、大根の葉をゆがいて、細く刻んだニンジンと一緒にごま油で和えました。大根菜のナムル風ってとこですかね」

「いいねぇいいいねぇ、こういうのが嬉しいんだよねー。じゃ、早速いっただっきまーすっ」

麻里はすっと目を閉じ、胸の前で合掌する。背筋をピンと伸ばしたその姿は、凛とした美しさ。こういう所作はぜひ見習いたいと思うものの、なかなか真似（まね）ができない。

そして麻里が目を開き早速お通しに箸を伸ばそうとすると、扉がガラガラっと開かれた。

「やっほーっ。って今日は一番乗りじゃなかったか、残念っ」

「あ、美禄じゃん。今日は早くない？」

今日二番目の客としてやってきたのは美禄であった。

「麻里さんこそ今日はえらく早いじゃないですかー」

「たまにはね。せっかくだから隣おいでよ」

麻里が自分の席の隣をポンポンと叩くと、美禄がすっとそこに座る。

「お邪魔しまーっす。じゃあついでに一杯おごってください！」

「ったく仕方ないわねぇ。んじゃ、この子にお水あげて」

「了解っす。お水っすね」

おどけながら注文する麻里に、諒も口角を持ち上げながら水を差し出した。

すると美禄が不服そうに口をとがらせる。

「えーっ！　お水って酷くないですーっ？」

「冗談よ冗談。で、何がいいの？　ビール？」

「んー、今日は酸っぱいのがいいです。まるちゅうのレモンにしようかなー？」

「あー、そっちもいいわね。んじゃ私もお代わりでもらおうかしら？　諒くん、二つお願いしていい？」

「もちろん。おしぼりもすぐ出しますねー」

諒は今度こそちゃんと返事をすると、アツアツのおしぼりを美禄に渡してから、冷凍庫の扉を開いた。

まるちゅうとは、まるごと凍らせた果物を入れたチューハイのこと。少し前に行った居酒屋で知った呑み方だ。面白いアイデアだと思って「なご屋」でも出してみたところまずまず好評だったので、定番メニューに入ったといういきさつがある。

凍らせたカットレモンをジョッキに入れ、焼酎と炭酸を注ぐ。

そして軽くかき混ぜてから、マドラーを挿したままジョッキを二人に差し出した。

「まるちゅうレモン、お待たせせっす。他になんかご注文は？」

「そしたら私は串カツを二本と、あとそこの肉じゃがをもらえるかな」

「じゃあ私はどて串を二本、それと南蛮漬けね！」

「了解っす。ちゃっと作りますんで少々お待ちをー」

諒は手早く注文を紙に書くと、ポンと手をひとつたたいてから調理に取り掛かった。

串カツ用の豚肉に衣を付けて油へ入れると、揚がってくるのを待つ間に他の料理を皿にとっては渡していく。

白だしを使って炊いた肉じゃがはニンジンの赤や絹さやの緑が鮮やかな仕上がり。ツバスの南蛮漬けもまた、赤や黄色のパプリカと玉ねぎの白が美しい。

作り置きの大皿料理を取り分けていると、串カツの衣がきつね色に色づいてきた。

「串カツ。味噌でよかったっすよね？」

「もちろん！」

諒からの確認に二つ返事で答える麻里。すると諒は、揚がったばかりの串カツをどて串が入った鍋の中にどぼんと浸してから皿にのせた。

続いてどて串も別の皿にのせると、それぞれにキャベツを添えて二人に差し出す。

「はいおまたせー、どて串と串カツの味噌っす」

「ありがとー！　これこれ、これなのよねーっ！　あ、お代わりちょーだいっー」

「うぃーっす！」

諒が「お代わり」用のチューハイをグラスに注いで渡すと、麻里はレモンだけが残ったグラスにそれを注いでいく。これがまるちゅうの醍醐味。半分溶けたレモンから果汁が染み出し、いっそうフルーティーとなるのだ。

麻里はジョッキを傾けると、ぷはーっと息をつく。

「あー、やっぱコレよねぇ。そうそう、ところで今日はどうしたの？　『門』を開ける予定なんてあったっけ？」

「えっ、今日って『門』開くんですっ？」

「あれ？　美禄、あんた知らなかった？」

美禄の質問に、麻里がスマホをさっと操作して画面を見せる。

「ほら見て。『なご屋』のところに『今日は十二時までで終わります』って書いてあるじゃない」

口を押さえて驚く美禄に、諒もまたコクリと頷く。

「ええ、そういうことなんすよ。ちょっと急ですけどね」

〝十二時まで〟の書き込みは、この店に集うあやかしの常連にのみ通じる符牒(ふちょう)だ。「なご屋」の夜営業はもともと午後六時から午前十二時までなのだが、実際には、客が全員帰るまで営業を続けている。十二時を回ってからやってくる常連客も珍しくはない。

しかし、「門」を開くときだけはこうはいかない。確実に十二時に営業を終わらなければ、店の片付けや開門に向けた支度が間に合わなくなってしまう。

そのため諒は、普段は書かない〝十二時まで〟の言葉を含めてＳＮＳに投稿することで、常連にその旨を知らせるようにしていた。人間の客にとっては単なる営業終了時間のお知らせに過ぎないのだが、あやかしの常連には「諒が『なご屋』の営業後に用事がある＝『門』が開く」と分かるという寸法となっている。

もっとも、これは諒に浮いた話のひとつもなく、普段から何も予定がないと思われているということでもあるのだが。

「しかし珍しいわね。こんな急に『門』を開けるだなんて」

「そうですよねぇ。正月合わせで開けたばかりだし……」

麻里に同調するように、美禄が首を傾げる。

里帰りや用事に出向くあやかしのために、「門」が開かれることは珍しくはない。しかし、「門」が開かれるのは盆や正月などの決まった時期が原則。

それ以外の時期でも門番である朱音が必要と認めれば開門されるが、その場合にも便乗したいあやかしのために事前予告が行われるのが通例である。今回のような急な開門は極めて異例だ。

「実はちょっと特別な事情がありまして……」

諒はそう言うと、今日起こった一連の出来事について説明を始めた。

猫又らしき子猫のあやかしを公園で拾ったこと、そのあやかしはどうやら迷い子らしいということ、失った霊力を回復させるためにあやかしの世界に戻すことになっていること。

ひと通りの話が終わると、どて串をつまんでいた美禄が大きく頷いた。

「なるほど、そういうことね。いやー、えらいっ！　迷いあやかしなんて、なかなか面倒みられるもんじゃないよー？　ホント優しいよねーっ。いやー、おねーさん、嬉しいよ！」

そろそろ酔いが回ってきたのか、美禄が頬を赤く染めながら上機嫌に何度も頷く。

しかし、隣に座っていた麻里は何やら思案顔だ。

「事情は分かったわ。でも、ひとつ気になるのよね……」

「何ですか？」

「戻すって言ってもさ、その子をどこに戻すつもりなの？」

「そ、そういえば……」

肝心なことが頭から抜けていたことに気付き、諒は思わず言葉を詰まらせる。

門が繋がっている世界は、ひとつではないのだ。

ひと口にあやかしといっても、実際には神、仏、妖怪、鬼の四つの種族に分けられる。

たとえばろくろ首の美禄や二口女の双葉は妖怪の類だし、烏枢沙摩明王の化身である麻里は仏に属する存在である。朱夜叉である朱音は鬼の一族だ。さらには、あやかしによっては半神半仏といったように複数の種族にまたがる者もいる。

「種族ごとにそれぞれの世界があるのは諒君も知ってるよね？　相性の合わない世界に行くとかえって力を減らすことだってあるし、ちゃんとその子がいた世界に戻してやらなきゃダメなはずなんだけど」

麻里の言葉に諒が唸り声を上げる。

「なるほど……。でも、あやかし同士なら相手がどの種族かって分かったりしないもんなんです？　朱音さんは知ってるもんだと思ってたんっすけど」

「これが意外と分かんないのよねーっ。もちろん『あやかし』ってことは分かるわ。でも、その正体までとなるとなかなかね」

「同族でも結構外れることあるし、似たようなあやかしでも種族が違ってるなんてことも意外と多かったりするしね」

「うーん、そういうもんなんすね……」

二人の話を聞いた諒の中にだんだんと不安な気持ちが膨らんできた。

もし間違った世界に送ってしまって少年に万が一のことがあったらと思うと、胸がギュッと締め付けられる。

すると、諒の様子を察した美禄が首をにゅいっと伸ばして覗き込んできた。

「ちょっと、諒くん大丈夫？　もー、麻里さんがあんまり脅かすからーっ！」

「ごめんごめん。まぁ、諒君がそこまで心配することはないよ。どうせ朱音が世話してんでしょ？　朱音だったらあやかしには詳しいし、もし万一の事があってもこっち(ひとの世)に連れ戻すことだってできるしね。アレもバカじゃないから、それくらいのことは考えてるでしょ」

「なんだ、それならそうと早く言ったってくださいよー。って美禄さん、首を伸ばしちゃダメですって。そろそろ他にもお客さん来そうっすから」

諒はほっと胸をなでおろしながら、美禄に釘を刺す。

「もー、心配してあげたのにその言い方はちょっと傷つくなー」

「ははは、ごめんなさい。これでどうにかご勘弁を」

美禄の前に置かれた皿の上に、どて串を一本追加する諒。

すると美禄がにぱっと笑顔を見せる。

「ん、分かってるじゃん！　許してつかわそう！」

「アンタは簡単でいいわねー。あ、こっちにはお代わりもうひとつねー」

どて串一本で簡単に機嫌を直す美禄を見て、麻里は苦笑いを浮かべていた。

夜十時を回る頃、外はすっかり静まり返っていた。

大須の夜は早い。アーケード下の商店街は夜八時までの営業の店が多く、その後は人通りが一気に少なくなる。

月明かりとわずかな街灯が照す道は、昼間の喧騒が嘘のような静けさだ。

そんな中、「なご屋」からはいっそう賑やかな声が聞こえていた。

店内は仕事を終えて長屋へと帰ってくる住人（あやかし）仲間を中心に賑わっている。カウンターはほぼ満席だ。

「瓶のほうのビール、勝手にもらうわよー」

「こっちはこの肉じゃが一杯もらっとくぞー」

「分かりましたー。そして玉子焼き、おまたせーっす」

「あ、それこっちから回すわー」

常連が気さくに声を掛け合う店内は、まるで友人の家にでも集まっているような自由な雰囲気だ。

セルフサービスにさせてしまっているのは申し訳ないと思いつつも、それで助かっているのもまた事実である。常連客も楽しそうに手伝ってくれているし、もちろん勘定がごまかされるようなこともない。

たとえ、お皿によそう肉じゃがの盛りが普段の三割増しぐらいになっていても、とっておきの日本酒がグラスはおろか升まではみ出して下の皿までなみなみと注がれていても、仕方がないと諒は割り切っていた。アルバイトを雇わなくて済んでいることを考えれば安いものだ。

「えーっと、この手羽先は……」

「それ、私のヤツだと思うー」

「そうそう、双葉さんでしたね。どうぞどうぞー」

先ほどやってきて美禄と合流した双葉に、諒は手羽先の皿を差し出す。

髪で掴んでいた朝とは違い、双葉はその皿を受け取ると、手でつまんで上品に頬張った。

「おおう、思いのほか賑やかじゃな」

「あ、朱音さん！　いらっしゃいませ」

暖簾をひょいとくぐって現われた雇い主の姿に、諒の背中が自然と伸びる。

朱音はうむ、とひとつ頷くと、入口を振り返り手招きした。

すると扉の陰から、一人の少年がひょっこりと顔を出す。朱音に預かってもらっていた、あやかしの少年だ。

少年の頭には大きめのハンチング帽がかぶせられ、腰にはデニムのシャツが巻かれている。この二つのおかげで猫耳や二本の尾が隠れ、ぱっと見ただけでは人間の少年にしか見えない。

それでも思いがけない小さな客の登場に、店内の空気がにわかにざわついた。

口火を切ったのは双葉であった。

「えーっ⁉　朱音さん、その子どうしたんですっ？」

「うむ、少々ワケアリでな」

朱音が言葉を濁すと、すぐさま麻里が双葉を手招きする。

そして二人は、ひそひそ話の振りをしつつも周りに十分聞こえるような声で話し始めた。

「ほら、朱音ときたら随分と長いこと男日照りが続いてるじゃん。だからとうとう年下に目覚めてこんないたいけな子を……ってぇ⁉　ぶったぁ？　今、ぶったよねぇ⁉」

ゴンと鈍い音が響いた後、麻里が頭を押さえながら抗議する。

しかし、朱音は冷たい目で麻里を見下ろしながら口を開いた。

「下らぬことばかり言っておるからじゃ。こやつはただ諒が仕事だというから預かっておっただけじゃ」

「うん知ってる。さっき諒君から話聞いてたし」

麻里の言葉が終わるのを待たず、再びゴンと鈍い音がする。

二発目の拳はさすがに応えたようだ。

「ったぁ！　アンタの馬鹿力で殴られたら、カウンターにめり込んでっちゃうわよ！」

「そうか。それはカウンターに申し訳ない」

「何ですってーっ！」

カウンターをドンと叩き、麻里がズンと立ち上がる。

一触即発の気配に、諒が慌てて止めに入った。

「まぁまぁ二人とも。ね、子供が見てる前っすよ？」

「むー。いつかとっちめてやるんだから……」

「ふん、まぁよい。それよりも悪いが、奥の席を少々詰めてはくれぬか？」

朱音はそう言いながら店の奥へと入っていく。

店の一番奥にある「予約席（Reserved）」の札が置かれた少々手狭なカウンター席は、朱音の専用席。この席だけは、朱音がいないときにも他の者に座らせてはならないときつく言いつけられている。

普段なら何も言わずに席に着くのだが、今日は隣に少年を座らせたいらしく声をかけたようだ。

それを聞いた麻里がすっと席を立ち上がる。

「そしたらお勘定お願いしていい？　うちの席が空けば詰められるでしょ？」

「えっ、いいんすか？」

「うん、今日は早い時間からしっかり呑んでたしね。それに……」

麻里は言葉を濁しながらも、朱音にチラッと視線を送る。

外見的には歳の近そうな麻里と朱音だが、正直言って相性は良くない。

仏と鬼は一般的にそれほど相性が悪くはないはずだが、性格が似ている二人なだけに同族嫌悪というところがあるのかもしれない。

　麻里の言わんとすることを察し、諒もコクリと頷いた。

「分かりました。じゃあ、次来たら何かサービスするっす」

「やった！　期待してるね！　じゃあ、これでちょうどかな？」

「確かに。どうもありがとうございましたー」

　諒はカウンター側に回ると、店を出る麻里の姿を見送る。

　そして扉を閉めると、麻里が空けてくれた席を手早く片付けた。

「お待たせっす。こっちにどうぞ」

　少年はコクリと頷くと、よじ登るようにしながら椅子に座る。

　こうした店が物珍しいのか、少年はしきりに辺りを見回す。すると、お腹の虫がくぅと可愛い鳴き声を上げた。

「ふむ、何か食べるか？」

　普段と変わらずどこかぶっきらぼうに尋ねる朱音。

　すると、少年は黙ったまま首をコクンと縦に振った。

「ということじゃ、なんか適当に見繕ってやってくれ。あと妾にもとりあえずどて串と串カツの味噌を三本ずつ頼む」

「了解です。えーと、何か食べたいものはある？　この中から選んでもいいよ？」

諒が声をかけると、少年はカウンターに手をつき、大皿に入った惣菜を覗き込む。

するとひとつのおかずに目が止まった。

少年がじっと見つめるのは「おからの炒り煮」。子供らしからぬ選択に、朱音がほうと呟く。

「なかなかに渋い選択じゃの。これがよいのか？」

「うんっ、おいら、おから大好き！」

満面の笑みで答える少年。どうやら遠慮はしていないようだ。

子供が喜ぶとは思いづらい一品だが、本人がいいというのであればそれが一番であろう。

おからの炒り煮を小鉢に盛ると、諒は漆塗り風の小さな匙（さじ）を添えてカウンター越しに少年へと渡した。

「はい、どうぞ。このスプーン使ってね」

少年はコクンとひとつ頷くと、がっつくようにおからを頬張った。

その勢いのよさに、美禄が思わずポツリと呟く。

「すっごいねぇ。私なんかだと小さい頃はおからってあんまり得意じゃなかったんだけどなぁ」

「そうだよねぇ。パサパサしてるし……」

美禄の言葉に双葉もコクリと首肯する。

するとと朱音がニヤリと口角を持ち上げた。

「しかし、おからというのは存外美容にはよいのじゃぞ？」

「えっ？　そうなんですっ？」

「美容」という単語に鋭く反応する美禄。

諒もまた首肯して話を続ける。

「ええ。おからには脂肪代謝を促すレシチンや老化予防になるサポニン、それにイソフラボンが多く含まれてます。そもそもおからは高たんぱくで低脂肪、おまけに低糖質とダイエットの代表的な食材みたいなものですしね」

「分かった。諒くん、私にもお願いっ！」

「こっちにもね！」

諒の講釈に、美禄と双葉がすかさずおからの炒り煮を注文。するとそれが引き金となり、居合わせた客からも次々に注文が入った。

少年もまた「おいらもお代わりーっ」とせがんでくる。

さらに朱音も便乗してきた。

「ふぅむ、私も喰いとうなってきたぞ。諒よ、こいつを使ってもう少し酒のアテになるようなものは作れぬか？」

「うーん、急に言われても……てか、何勝手に開けてるんですかっ⁉」

いつの間にか朱音の手元に置かれていた酒瓶を、諒が慌てて奪い取る。それは出入りの酒屋に無理を言って取り寄せたばかりの新酒。瓶の封はいつしか切られており、お冷やを入れるための大きなグラスにほんのりと色づいた液体がなみなみと注がれていた。

「いや、そこにあったのでな」

「あったからって勝手に開けないでください。もー、また予定前倒しで出さなきゃいけないじゃないですかー」

日本酒は封を切ってしまえば時間と共にどんどんと風味が落ちてしまう。諒はできるだけ良い状態でいろんな銘柄の日本酒を楽しんでもらおうと、自分なりに開ける順番を決めて、店へと出していた。

しかし、朱音にかかればそのこだわりも実に些末(さまつ)のことのようだ。

「心配ない。妾であればそれしきの量ひと呑みじゃ。傷む前に呑んでやらなければいけないからな」

「だから、朱音さんのために仕入れてるわけじゃないですから。で、おからで一品でしたっけ？」

ひくつくこめかみを押さえながらも、諒が改めて朱音に尋ねる。

「うむ。この日本酒にぴったりと合うものを所望する。それとな、この坊にも何か作ってやってくれ。いくらおからが好きでも、こればっかりでは力が出ぬであろう」

「確かに、おからじゃお腹にはたまりにくいですしねぇ……」

諒はそう言うと、ふぅむと腕を組んだ。

よく見れば大皿に残っているおからはいささか量が心もとない。少年が頼んできたお代わりの分を含めると、先ほどの注文でギリギリ足りるかどうかというところだ。

できることなら少年にはもう少ししっかり食べさせてあげたい。

そのとき、諒の脳裏にひとつの料理が浮かんだ。冷蔵庫を覗き込み、うんうんと頷く。

「了解っす。ちょいとお時間いただきますが、皆さんの注文分と合わせてスペシャルメニューでいきますね」

「お、諒君のスペシャルメニュー、でたねーっ」

その言葉に反応したのは双葉。スペシャルメニューというと聞こえがいいが、概ね今日のように「朱音の無茶振りに応えた辻褄(つじつま)合わせのメニュー」であることが多い。

しかし、そうしたときに出てくる料理が、また美味かったりするのだ。

だが、それを知らない少年はぶーっと口をとがらせる。

「えーっ、お代わりもらえないのーっ？」

「大丈夫。おからを使って、もーっと美味しい料理を作ってやるからさ」

「ホントーっ？　おいら、このままのヤツでも全然いいのにー」

待たされるのがいやなのか、少年はますます不満を口にする。

するとこ諒はニヤッと口角を持ち上げた。

「まぁ、びっくりするようなヤツを出してやるから、そこで見てなって」

諒はそう言うと、おからの炒り煮が入った大皿を手元に運び、次いで冷蔵庫からひとつの食材を取り出す。

諒が取り出したのは手羽先、それも既に骨を抜いてあるものだ。

本来は別のメニューのために用意しておいたものだが、今から作ろうとするものにもちょうどよい。

袋状になった手羽先の中におからの炒り煮を詰め込むと、口の部分を楊枝で止めていく。それをフライパンに並べ、塩こしょうと少量の水を振ってから焼き上げた。

こんがりと焼き目が付けば完成だ。

口に障らないよう一本ずつ丁寧に楊枝を抜くと、諒は第一陣を朱音と少年に差し出す。

「こんな感じでどうでしょ？」

「なるほど、手羽先餃子ときたか」

出来上がった料理に満足そうに頷く朱音。しかし、少年は不思議そうに手羽先餃子を見つめている。

「これ、おからが中に入ってるの？」

「ああそうさ。まぁ、とりあえず食べてみなって。あ、でも、熱いから気を付けてな」

諒の言葉に少年がコクリと頷き、手羽先餃子を手に取る。

こんがりときつね色に焼き上がったそれから、白い湯気がもくもくと立ち上っていた。

少年は手にした手羽先餃子をくるくると回しながら見つめ、くんくんと匂いを嗅ぐ。初めて見る料理を慎重に観察してから、少年は意を決したようにかぶりついた。

「あっちーっ！」

慌てて口を押さえる少年。諒が水を差し出すと、少年はぐびぐびっと一気に飲み干した。

「大丈夫か？」

「うー、こんなに熱いなんてひどいよーっ！」

「そういえば、昼も熱いの苦手そうだったもんなぁ」

お昼にスープを飲ませたときのことを思い出す諒。もう少し食べやすいものにすればよかったかなと反省する。

しかし少年は、再び手羽先餃子を手に取ると、ふーっふーっとよく息を吹きかけてから、がぷっとかぶりついた。

「……うんめぇ！　これ、おからがジュワーってなって、超うめーっ！」

熱さが取れれば大丈夫なようだ。少年が夢中になって次々とかぶりついていく。

その横で一本口に運んでいた朱音も、ほうと息を漏らしていた。

「確かにこれはなかなかに美味じゃ。皮目はこんがり。そして中のおからが手羽先の脂と旨味をたっぷりと吸い込んでおり、口の中にジューシーな肉汁が溢れ出てくる。それに骨も抜いてあるから食べやすい。おから好きの坊でなくても、これは嬉しい一品じゃな」

「そう言っていただけると頑張った甲斐がありますね。あ、こっちの分お待ちですー」

第二陣の手羽先餃子が焼き上がったところで美禄や双葉、それに他の客にも出していく。

しかし美禄は、手羽先餃子を見ながら少し考えると、一本だけひょいとつまみあげて皿を諒へと戻した。

「私はこれ一本でいいや。あとはあの子の分にしてあげて」

「私もそうするー。諒くん、これ、あの子にあげて」

双葉からも皿を戻され、諒が慌てて聞き返す。

「えっ？　いいんですか？」

「うん。だって、あの顔を見ちゃうと……ねぇ？」

美禄はそう言いながら少年へと視線を送る。

そこには、おからがたっぷり詰まった手羽先餃子を両手に抱え、美味しそうに頬張る少年の姿があった。屈託のない満面の笑顔は、幸せに満ちている。

「あれ見たら、あの子にもっと食べてほしいって思っちゃうじゃん？　今日のところは味見の一本だけもらっておくね。そのかわりまた今度いっぱい作って？」

「分かりました。じゃあ、ありがたく頂戴します」

諒は二人に頭を下げると、二本減った手羽先餃子の皿を少年の前へと運んだ。

「ほら、もうひとつお代わりだよ」

「えっ、いいの？」

「ああ、あっちのお姉さんからのプレゼントだ。ちゃんとお礼を言いな」

「うんっ！　おばちゃん、ありがとーっ！」

「お、おば……」

まさかの発言に思わず固まる美禄と双葉。悪気はないと分かっているものの、それでもその単語は心にずしっと刺さる年頃なのだ。

ショックを隠し切れない二人に、朱音が声をかける。

「仕方がない。お前達もそろそろアラサーと呼ばれる世代なのだから、坊から見れば立派なおばさんであろう」

「いや、そうなんですけど、そうなんですけど……」

美禄は震える手でグラスを掴むと、残っていた日本酒をくいっと呷る。

そんな美禄に諒はそっと和らぎ水を差し出した。

間もなく午前二時を迎える頃、営業を終えた「なご屋」はすっかり静けさを取り戻していた。

営業終了から二時間。片付けはもちろん、明日の朝営業の仕込みもしっかりと済ませている。これなら明朝は「おつとめ」のギリギリまで寝ていられるであろう。

「なご屋」での営業スタイルから神職の装束へと着替えを済ませた諒は、カウンターで突っ伏している朱音に声をかけた。

「朱音さーん、そろそろ支度しないとー」

「う……む……、もうそんな時間か」

寝ぼけ眼を擦りながらのろのろと目を覚ます朱音。これから「門」を開くという大仕事があるというのに、すっかりリラックスムードである。

「ったく、大丈夫ですか……？　はい、お水です」

「うむ、すまぬなぁ」

差し出された水を勢いよく飲み干す朱音。

その隣では、少年が夢中になってマンガを読みふけっていた。

片付けや明日の支度をしている間の暇潰しに、と手持ちのものをいくつか渡したのだが、どうやらその中のひとつが相当気に入ったらしい。

「やっべっ！　こいつマジで強えっ！」

猫の耳をぴくぴくと動かしながら興奮する少年。

幼い頃の自分とも重なるその姿に、諒もつい顔をほころばせた。

「そんなに気に入ったなら、持ってってもいいぞ」

「ホントっ！　でも、これ持ってったら読めなくなっちゃうじゃん」

少年は一瞬だけパッと目を輝かせるが、はたと気が付いて心配そうに覗き込む。

そんな少年の頭を、諒はポンポンと撫でた。

「それならもう話の筋を覚えるくらい読み込んだからな。それに、読みたくなったらまた買いそろえればいいし、今は電子版だってあるからな。お古で悪いけど、俺からのプレゼントっつーことで」

「やった！　じゃあ持ってくーっ」

「よっしゃ、そしたら袋に入れてやるな」

諒は棚から紙袋を二枚取り出すと、それを重ねてからマンガを入れる。長期連載の作品のためそれなりの巻数である。少々重いかもしれないが、こればかりは頑張ってもらうしかない。

「さて、そろそろ準備はよいか？」

朱音の声にコクリと頷く諒。片手に紙袋を下げ、もう片手で少年の手をとった。

丑三つ時を控えた北野神社は人の気配もなくシンと静まり返っていた。ともすればここが繁華街の一角であることを忘れそうな雰囲気である。

諒は蝋燭を用意すると、灯篭に火をともす。

小さな火の揺らめきが、暗闇に包まれていた境内をぼんやりと照らしだした。

「掛まくも畏き伊邪那岐大神、筑紫の日向の橘の小戸の阿波岐原に、――」

神殿の前で祝詞を奉げる諒。その表情はいつになく真剣である。

なにしろ、今行っているのは日々の神事とは違い、境内から穢れを祓う特別な儀式。

もし境内に穢れが残ったまま「門」を開くと、良からぬあやかしが惹き寄せられ、ひとの世に上ってきてしまうことがある。それを避けるためには「門」を開く前に祓詞を奉げ、境内に溜まった穢れを清めなければならなかった。

それに加え、「門」を平穏無事に開くには、この境内に人祓いの結界を張る必要がある。境内の内と外とを一時的に隔絶し、人間に「門」の存在を気付かせないようにするためだ。

これらはただ型通りの儀式を行えばよいというものではなく、陰陽師としての力を有する者が正しく祓詞を奉げなければ効力が顕われない。

もともとこの役目は、北野神社の先代宮司であり優秀な陰陽師でもあった諒の母が担っていたものであった。

しかし彼女は、諒が高校に上がる直前に急逝。他に身寄りもなく、天涯孤独となってしまった諒は、朱音に引き取られる形で高校を卒業するまであやかし長屋で暮らしていた。

高三の夏が終わる頃に母親が担っていた役目を知らされた諒は、北野神社の宮司となって「立会人」としての役目を正式に受け継ぐことを決意する。

高校を卒業した諒は、大須の地を離れて神職養成所に入所。二年間の養成課程を経て、養成所で斡旋された神社で実務経験を積んでから、北野神社の宮司として再びこのあやかし長屋に戻ってきていた。

この道を選んだのは母の跡を継ぐためであることは言うまでもない。それに加え、大須の街で共に暮らしてきたあやかし達が困らないようにしたいという思いもある。

そしてなにより「立会人」としてしっかりと役目を果たすことで、母が亡くなってから自分の面倒を見てくれた朱音への恩に報いたい思いも大きかった。

「――祓へ給ひ清め給へと白す事を聞食せと、恐み恐みも白す」

祝詞を奏上し、作法に則って二拝一拍手一拝をもって祈りを奉げる。

そして諒が振り返ると、後ろに控えていた朱音が声をかけてきた。

「終わったようじゃな」

「ええ、何とか滞りなく」

諒は、真冬の一番寒い時期にもかかわらず額に汗をかいていた。

神職としても陰陽師としても新米である諒にとって、「力」を意識的に使わなければならないこの儀式は肉体的にも精神的にも負担が大きい。

諒はひとつ大きく深呼吸すると、この後「門」をくぐるあやかしの少年に声をかけた。

「なぁ、元気になって自分でこの『門』をくぐれるようになったら、また戻ってこいよ？　そんときはその本の続きを貸してやるからさ」

「ほんとに⁉　絶対だよ、約束だからね！」

それまでどことなく不安そうな表情を見せていた少年が、諒の言葉に声を弾ませる。

「ああ、約束だ。そうだ、指切り……って知ってるか？」

「何それ？」

「そうか、知らないか。指切りってのはな、互いに約束を違（たが）えないと誓い合う、人間同士の儀式みたいなもんだ。ほら、こうやって小指を出してみな」

諒はそう言うと、右手で拳を作り、小指だけを立てる。

そして少年にも同じように小指を立てさせると、自分の小指をくるっと絡めた。

「これをこうしてな……。指切りげんまん、嘘ついたら、針千本、のーますっ。指切ったっ！」

諒は互いの指をそっと揺らしながら歌い上げ、最後にすっと指を離す。

少年は不思議そうに小指を眺め、しかしどこかこそばゆそうにはにかんだ。

「これで約束したってことだよね？」

「ああ、男と男の約束だな」

少年の言葉に、諒が力強く頷く。

たった一日の縁、しかし諒の胸には既にこみ上げるものがあった。

すると、二人のことを静かに見守っていた朱音から声がかかる。

「名残惜しいのは分かるが、そろそろ時間だ。『門』を開くぞ」

凛と発せられたその言葉に、諒も少年も静かに頷く。

いよいよ別れの時だ。

朱音は神殿の左手、稲荷社に向かって連なる朱色の鳥居の手前に立つと、すっと静かに目を閉じる。

「大須が門を司る、朱夜叉の名において命ずる」

いよいよ開門の儀式だ。後ろに控えた諒が、無意識のうちに少年の手を握る。

「今一度『門』を開き、此方と彼方を結ぶ道を通じたまえ。臨、兵、闘、者——」

胸元で印を結びながら九字を切る朱音。次第に強まる霊力により、普段は朱髪に隠れている角が大きく突き出してきている。

その様子を、固唾を呑んで見守る諒。

そのとき、ふとあることが心によぎった。

（しまった、この子をどこの世界に帰すのか聞いてなかったっけ……）

今夜は客が多くてドタバタしていたことに加え、ようやく落ち着いた頃には朱音はカウンターで舟を漕いでしまっていたので、麻里や美禄の指摘について尋ねそびれていた。

とはいえ、それを聞いたところでどうにかなるものではない。気になるのなら後で朱音に聞けば十分であろう。

諒は頭を軽く振ると、再び朱音の後ろ姿をじっと見つめる。

「――皆、陣、烈、在……前！」

最後は少し間をためてからかっと目を見開き、鳥居へと印を突き出す。するると、連なっている朱色の鳥居が眩いばかりの光に包まれた。「門」が開いた証だ。

朱音は肩で息を整えると、後ろへくるりと身体を回した。

「お主自身の自覚がなくとも、ここをくぐった後、本来いるべき場所へと導かれるよう呪いを行っておる。その地に往けばじきに霊力も回復し、自身のことを正しく思い出せるであろう。さぁ、くぐるがよい」

朱音から言葉をかけられても、少年はすぐに動こうとしない。じっと足元を見つめ、諒の手をぎゅっと握りしめている。

その手から伝わってくるのは震え。

いくら「本来いるべき場所」と言われても、記憶のない少年にとっては見ず知らずの土地への旅立ちだ。怖くないほうがおかしい。

諒もまた不安で仕方がないというのが正直なところであった。

しかし今は送り出してやらねばならない。縁があれば彼ともまた出会うことができるはずだ。指切りまでして約束したのだから。

諒はそう気持ちを奮い立たせると、少年から手を離し、頭をポンとなでた。

「必ず戻ってくるって約束したろ？　俺も必ず待ってる。さぁ、行ってこい」

少年から言葉は返ってこない。しかし、コクリと力強く頷くのが見えた。

地面に置いてあった少し重たい紙袋を手に取ると、少年は光に向かって真っすぐに進んでいく。

「おいら、絶対戻ってくるから！　約束だよ！」

鳥居の手前で振り返り、顔をゆがませながら叫ぶ少年。

諒もまた必死に涙をこらえながら、震える声で言葉を返した。

「ああ、指切りげんまんだ！」

その言葉に少年は大きく頷くと、鳥居の中へと駆け出していく。

いっそう光が強まり、境内が眩しさに包まれた。

もし事情を知らぬ者がこれを見れば超常現象と思うであろう。しかし、結界が張られている今なら外に漏れ伝わることもない。

しばらくすると、朱音が再び九字を切り、門を閉じた。

鳥居の光が徐々に収まり、再び境内が暗闇に包まれていく。

強い光を浴びていたせいか、境内の中は門を開く前よりいっそう暗く感じられた。

「……行っちゃいましたね」

ぽつりと呟く諒。しばし目を閉じて思いをめぐらせる。

しかしそのとき、鳥居の先から小さく声が聞こえてきた。

「……あれ？　ここって？」

「えっ⁉」

それはつい先ほどまで聞いていたのと同じ声。

驚いた諒が目を開けると、そこには確かに「門」をくぐっていったはずの少年の姿があった。

「ど、どうして……？」

諒の目が思わず点になる。

「ふぅむ、これはこれは……」

朱音もまた小首を傾げながら、鳥居の先にいる少年に手招きする。

少年もまた、紙袋を一生懸命持ち上げながら二人の元へ戻ってきた。

「た、ただいま？」

「おかえり……でいいのかなぁ？　って、朱音さん、どういうことっすか？」

気恥ずかしさを感じながらも妙な挨拶を交わすと、諒は朱音に詰め寄る。

しかし、朱音はいつも通りの飄々とした態度だ。

「何とも言えぬの。さてはどこよりも『ひとの世』との縁が強うて戻ってきてしもうたのか。門が導いたのはどうやらこの地ということのようじゃな」

「それって大丈夫なんすか？　だって、元の世界に戻れなきゃこの子は……」

諒は言いかけた言葉を呑み込むと、ぐっと唇を噛みしめる。

それでも朱音は動じない。

「うむ、それなんじゃが。お主が拾うたときと比べてこの坊の霊力が随分と強まっておるのじゃよ。この分ならしばらくはこちらにいても支障ないかもしれぬ」

「そ、そうっすか……。でも、それで本当に大丈夫なんですよね？　やっぱりあやかしの世界にいたほうがいいってことは……？」

どうにも心配がぬぐえない諒が聞き返すが、朱音はふるふると首を横に振る。

「とはゆうても、導きによらずにあやかしの世界に送るのは存外に難しいのじゃ。強制的に送る方法もなくはないが、果たして送った先がこの坊にとって相性が良いかどうかは分からぬ。それに、無理に送ろうとして万が一世界と世界の狭間に落ちてしまうようなことがあれば、二度と出られぬことになってしまうのでな」

真剣な表情で語る朱音に、諒が思わずゴクリと息を呑む。

「じゃあ、いったいどうすれば……」

「しばらくは導きに従いこちらで暮らすしかなかろう。そういえば、ちょうどお主に貸しておる二階にひとつ空部屋があったな」

「え、ええ。ということは、まさか……？」

「何がまさかじゃ。そもそも坊を拾うたのはお主、たんとかまってやるがよい」

「ま、マジっすか……？」

「なんじゃ、それとも真冬の寒空にこの年端もゆかぬ坊を放り出すというのか？ 諒という男はかくも冷たい輩じゃったか。鬼である妾の一族ですら、かように冷たき者はおらぬぞ。かわいそうに、寒風に凍えながらベンチの下で身を震わせることになってしまうのかのぉ」

「えー、おいら、寒いのやだー」

芝居がかった調子で語られる朱音の言葉に、少年が眉をひそめる。

諒は烏帽子の後ろに手を回すと、がりがりっと頭を掻き始める。

「あーっ、もう、分かりましたよっ！ 隣の部屋を片付けますから、そこで面倒見させていただきます」

「ほうかほうか、それは重畳。坊よ、よかったのぉ」

「うん！　おっさん！　よろしくーっ！」

「お、おっさ……」

今になって美禄の気持ちが身に沁みる。

諒は思わず言葉を呑み込んだ。

「人を呪わば穴二つというやつじゃな。それはそうと、こうなると坊に名をつけてやらねばならぬが……、諒は何とつける？」

「えっ⁉　それも俺なんっすか⁉」

突然の振りに、諒がすっとんきょうな声を上げる。

しかし、朱音は至って真面目な表情だ。

「何をたわけたことをゆうておる。あやかしにとって名をもらうことは名付けた者との縁を深く結ぶ大切な儀式のひとつ。お主が責任を持つ以上、名もお主がつけてやるのが筋というものじゃよ」

「そ、そう言われても……」

朱音の言い分はもっともなのかもしれない。しかし、今の話を聞くと責任がずしっと重くのし掛かってくる。

いっそ本人に聞いてしまおうとも考えた諒だったが、

「何？　おいらに名前くれるの？　カッコいいのにしてくれよっ」

と、キラキラと輝く純真な目で見つめられてしまっては、引くに引けない。

腕を組んで、唸り声を上げる諒。

そのとき、ふと、ひとつの名が浮かんできた。

「……トータ？」

「ほほう、何ゆえにその名を？」

「さっきおからをパクパク食べてたのがすごく印象に残ってて。そこから『からた』ってのは思い浮かんだんですけど、ちょっと語呂が悪いよなぁって。でも、漢字で『唐太』って当てて、それをトータって読ませたら割とおさまりがいいなって……ってちょっと安易っすかね？」

「いや、なかなか良い名だと思うぞ。坊はどうじゃ？」

「うんっ！　トータって名前気に入った！　かっこいいじゃん！」

諒としては思い付きがぽろっと口から漏れ出ただけであったのだが、思いのほか喜んでもらえたらしい。

諒はうんとひとつ頷くと、少年に改めて名を告げる。

「じゃあ、おまえの名前は今日からトータだ。これからよろしくな？」

「分かったっ！　こっちこそよろしくな！」

名をつけてもらったのがよほど嬉しかったのか、少年が満面の笑みを浮かべながら諒に抱きつく。その頭をポンポンと撫でながら、諒もまた、弟のような存在ができた嬉しさを噛みしめていた。

「さて、夜も遅い。そろそろ片付けて戻るかの」

二人をよそに、朱音が大きく欠伸をしながら声をかけてくる。

がくっと力が抜ける諒だったが、夜風が吹くとぶるっと身体を震わせた。

「そうっすね。じゃあ、トータもうちに帰るか。片付けは明日にして、今日は一緒の部屋で寝るぞ」

「うんっ」

諒の言葉に、トータもまた首を縦に振る。

そして揃って戻ろうとしたところで、朱音がふと思い出したように呟いた。

「ああ、トータの分の家賃はお主への給金からきちんと引いておくから安心いたせ」

「えっ、ちょっ、ま、まじっすかーっ⁉」

朱音の冷たい宣告に、たまらず悲鳴を上げる諒であった。

第二章　節分会と悪戯童子

諒がトータと一緒に暮らすようになってしばらく経ったある日のこと。

いつものように朝のおつとめへと向かうため玄関を出ると、空から白い粒がハラリハラリと落ちてきた。

「うへー、どうりで寒いはずだよなぁ……」

白く覆われた道路を見て溜め息を漏らす諒。その息もまた白い。

名古屋では珍しい雪に諒が身を震わせていると、後ろから興奮気味の元気な声が響いてきた。

「うわぁ！　なにこの白いの⁉」

「おお、トータは雪みたことないのか？」

「雪⁉　これが雪なんだ！　すげーっ！」

空から降ってくる雪を受け止めようと、トータが手を差し出す。

雪は手のひらに落ちると音もなく溶け、わずかな水滴だけが残った。

キャッキャとはしゃぐトータだが、よく見ればパジャマ姿のままだ。諒が身を震わせながら声をかける。

「その格好じゃ寒くないか？　ちゃんと着替えて、ダウンの上着を来てこやーて」

「えーっ、別にこれでも寒くないよーっ！」

「ダメダメ、温かくしないと風邪引いちまうぞ」

「ちぇーっ、じゃあ着てくるー」

トータは口をとがらせながらも、階段を駆け上がっていく。

やがて戻ってくると、黒いもこもこのダウンジャケットにしっかりと身を包んでいた。

「これならいいっ？」

「ああ、それならいいだろう。じゃ、行くぞ」

諒は声をかけると、トータと共に道路を挟んだ向かい側にある北野神社へと向かう。

降りしきる雪が境内のあちこちに積もっている。灯籠の上は真っ白だ。

「よーし、今日は早く終わらせよう。トータはいつものように境内の中のゴミ拾いを頼むな」

「分かったっ！」

元気よく返事するトータに、諒はゴミばさみと袋を渡す。

そして自分は竹ぼうきを手に取ると、境内の前の道を掃き始めた。

まだうっすらと道路を覆う程度の雪の量である。勢いもそれほど強くなく、今のうちに掃いておけばひどく積もることもないであろう。

とはいえ、境内の前を掃くのはそれなりに重労働だ。額に汗をかきながら諒は道路に積もりかけた雪を払う。

「ゴミ拾い終わったよーっ」

「おー、こっちもすぐ終わるからちょぃと待っててなー」

諒はトータに声をかけると、道をまたいで「なご屋」の前まで雪払いを進めていく。

そして竹ぼうきを片付けると、神前に供物を奉げ祝詞を唱え始めた。

「……天津神国津神八百万の神等共に聞食せと白す」

よどみなく祝詞を奉じる諒の後ろで、トータも両手を合わせて祈りを奉げる。

そして最後に賽銭を回収。今日も相変わらず片手に収まる程度の金額だ。寒さも相まって、溜め息の白さが一段と際立つ。

「さてと、じゃあ急いで帰るぞ」

「うんっ！」

一刻も早く暖を取ろうと、急ぎ足で自宅へと戻る諒とトータ。

諒は二階の部屋に戻ると、手早く着替えて再び一階の「なご屋」へと降りてきた。

「うー、やっぱ寒いーっ……」

一階で待っていたトータが、腕を組みながら身体を震わせている。

どうやら初めて見た雪への興奮が収まり、寒さが身に染みてきたらしい。

諒が客席側に置いてあるファンヒーターのスイッチを入れると、トータは急いでその前に陣取った。

「こら、あんまり近くだと危ないぞ」

「だって、寒いんだもん……」

ファンヒーターから出る温風に手をかざして、少しでも暖をとろうとするトータ。

諒は温めていた鍋からこげ茶色の液体をマグカップへ注ぐと、そっと差し出した。

「とりあえずこっちに座って。で、これでも飲んで温まりな」

「ん？　これってなぁに？　あ、なんかいい匂いがする！」

カップから立ち上る白い湯気は、甘いような香ばしいような香り。

トータはふーっふーっと息を吹きかけると、くいっとカップを傾けた。

「あっまーいっ！　それに、チョコの味がするーっ」

「だろ、とりあえずはそこにちゃんと座って、ゆっくりと飲んでな」

諒はトータにやんわりと釘を刺すと、朝営業の仕込みを本格化させる。

この冬一番の冷え込みになることは前日から予報が出ていたので、今日の朝食は温まるメニューにしようと前日からしっかりと仕込んでいた。

大きな鍋の中に入っているのは、鶏の手羽元や茹で卵、大根、厚揚げ、里芋にこんにゃく。それらが「どて煮」の命ともいうべき味噌つゆの中で温められ、出番を待ち構えていた。どれもやや味噌の濃い色に染まり、しっかりと味が染みている。

それとは別に副菜も手際よく用意する。メインが濃い口の料理なので、副菜は小松菜のお浸しや切り身の焼き鮭など軽めのものが中心だ。

そうこうしていると、炊飯器がピロローピロローと炊き上がりを告げる。

蓋を開けると、甘い湯気がぶわっと立ち上った。

「よし、皆が来る前に先に食っとくか？」

「うんっ！　おいら、腹ペコだったんだーっ」

トータの弾んだ声に、諒も自然と口角が持ち上がる。

諒と一緒に暮らし始めたトータは「なご屋」の手伝いが日課となっていた。

これは朱音の言いつけによるもの。諒の仕事を手伝わせることでトータを「ひとの世」での暮らしに慣れさせるのが目的とのことだ。確かにあやかしに囲まれた「なご屋」はぴったりといえよう。

最初こそ戸惑いもあったものの、最近は諒もこの二人暮らしを楽しめている。

生意気なことばかり言うし手もかかる同居人だが、その苦労すらも不思議と嬉しく思えていた。

諒は大人サイズのお椀に炊き立てのご飯をよそうと、トータに差し出す。

「はい、お待たせっ」

「わーいっ！　じゃあ、いっただっきまーす！」

教えられた通りに人間式の食前の挨拶をきちんと済ませると、トータは満面の笑顔で箸を手に取った。

●

「いやー、今日もホント美味しいーっ！」

「ホント、朝からこんなに幸せでいいの？　って感じよねー」

朝営業が始まった「なご屋」のカウンターは、いつも通り早い時間にやってきた美禄と双葉が仲良く並んでどて煮を頬張っていた。

その隣で朝食を堪能しているのは金髪の美女。

彼女はしっかりと味が染みた大根にパクリとかぶりつくと、うんうんと頷いた。

「ほんでもこんなもん出されたら、朝も早ようからアツカン呑みたくなってまうでいかんわー」

金色のウェーブヘアに透き通るような白い肌、それに翡翠のような美しい眼を持つ彼女の名はディアナ。北欧美人風の出で立ちをしているが、彼女もまた、この長屋で暮らすあやかしの一人である。

道を歩けば男達が振り返る美貌、しかしその口から発せられるのは極めて流暢な名古屋弁。そのギャップの虜になる男性は数知れず、職場である錦三のインターナショナルクラブでも人気ナンバーワンとのことだ。

隣同士に住んでいるということもあり普段から仲の良い三人だが、夜の仕事をするディアナが美禄や双葉と一緒に並んで朝食をとっているのは珍しい。

それは諒だけでなく、美禄も同じように感じていたようだ。

「でもさー、ディアナがこんなに朝早くから起きてるのって珍しくない？」

「まーね。よーやっと連休が取れたもんで、昨日はぐーっすり眠ってまってね、予定がわやになってまったんだわ。美容院にも行かなかんし、仕事用の服とかも買いに行かなかんのよー」

「年が明けてもずーっと忙しそうだったもんねぇ。でも、その分しっかり稼いだんじゃない？」

串に刺したコンニャクを後ろの口で頬張りながらカマをかける双葉に、ディアナは、隠すことなどないとばかりにあっけらかんと答えた。

「まぁボチボチやねー。実はさ、お客さんから貰ったクリスマスプレゼントがちょいちょいかぶっとったんよ。ほんだでコメ兵へ持ってってみたら、これがえーころかげんな額になったんだわ」

「えーっ、それひどくなーいっ!? バレたら怒られるでしょ？」

「大丈夫やって。一個はちゃんと残しとるもんでばれーせんって」

「いいなー。そんなに稼げるなら、私もそっちで働きたーいっ！」

一般事務として働く美禄からすると、ディアナの職場は眩しすぎるほどに羨ましい世界に見える。

しかし、ディアナは苦笑いを浮かべ、首を横に振った。

「それがアカンのよぉ。うちの店、女の子は外国人だけって決まっとるんだわ。それにな、なんやかやで夜の仕事はまー大変やよ？　良いお客さんばっかかと違うし、ちゃんと稼ごうと思ったら気に入らん相手とも同伴だー、アフターだーって付き合わなかんしねー」

「それでも稼げるならいいじゃーん。それに出会いもいっぱいありそうだしさ」

納得いかない様子の美禄が食い下がるも、ディアナは冷静に言葉を続ける。

「いっくら稼いだって結局は服だー、美容室だー、エステだーってどんどんお金飛んでまうって。それに、うちの店の客なんてオジサンばっか。若い子なんて全然来やーせんわ」

眉間にしわを寄せ、溜め息を吐くディアナ。

すると、双葉がはずんだ声を上げた。

「オジ様いいじゃん！　成熟した大人の男って、それはそれで魅力的じゃない？」

「えっ？　双葉ってジジ専だったっけ？」

同居人から飛び出た思わぬ言葉に、美禄がばっと振り向く。

双葉は、手元の味噌おでんを箸でつまみながらふっと息を吐く。

「そうとは言わないけどさー。人生経験を積んだオジ様には若い男にはない魅力があると思わない？　ほら、この味の染みた大根のようにさ」

「そういうもんかなぁ。それを言うなら、私はこんな厚揚げみたいな人がいいなー。ふんわりしてるけど、でも優しい感じって」

「うちはやっぱ若あ子（わきゃ）がえーなぁ。こんなプリップリの玉子みてやぁな肌の子がおったら、どえりゃあ美味そうだがね。ってそういえば、そこに……」

そう言いながらつーっと視線を動かすディアナ。

その怪しげな視線の動きに気付いた双葉が慌てて止めに入った。

「ちょっとディアナ！　それはまずいって、犯罪だって！」

ディアナの視線がとらえたのは、厨房の中で洗い物を手伝っているトータの姿。

美禄もまた、ブルブルと首を横に振る。

「ただでさえ夢魔(サキュバス)のアンタが美味しそうとかシャレになんないんだからさ！　ホントにヤバいって！」

「そんな慌てんでも、冗談に決まっとるがね。あともう五年ぐらいは育ってもらわんとー」

「いやいや、五年でもさすがにまだ早くないです？」

危険な匂いがする発言に、ここまでは会話をじっと聞いていた諒が思わず口を挟む。

仮姿のトータは、おおよそ小学校低学年か、せいぜい中学年ぐらいに見える。それを基準に考えると、あと五年程度では、さすがに青田買いにも早すぎるのではないだろうか。

諒がさりげなくディアナの視線を遮るようにトータの前に立つと、ディアナがにこっと微笑(ほほえ)んで声をかけてきた。

「ほーだったら、諒くんならえーってこと？」

その言葉に諒はゲホッゲホッとむせてしまう。

「ディアナさん、突然何てこと言うんですか！　ったく、危うく包丁で手を切るところだったじゃないですか」

「そう？　うちとしたら、諒くんもまーまーイケメンって思っとるんやけど？」

「そうよねぇ。諒君って背もそこそこ高いし、しゅっとしてるし……」

「それに人当たりもいいし、優しいし……。あれ？　これってもしかして……？」

額を突き合わせてひそひそ話を始める三人。話の種にされた張本人は、厨房の中で一人落ち着かない様子を見せる。

するとそのとき、入口がガラガラっと開かれた。

「また朝から随分と賑やかじゃな」

「あ、朱音さんっ！　いらっしゃいませ、おはようございます」

この長屋でもっとも頼りになる大家の登場に、諒はほっと息をつく。

朱音を指定席へと案内すると、すぐさまおしぼりとお茶を差し出した。

「なんじゃ。今日はいやに対応が良いではないか」

「いやいや、何でもありませんよ」

「そうか？　まぁよい。ところでディアナや、こやつは色恋沙汰が昔からからっきしなのは知っておるじゃろ？　あんまりからかってやるでないぞ」

「はぁい」

朱音にたしなめられ、肩をすくめるディアナ。

その向かい側では、朱音に全部聞かれていたと知った諒が苦い笑みを浮かべていた。

そうこうしていると、トータが諒の腰をツンツンとつついてくる。

「ねーねー、あっちのオッチャンはほっといていいの？　さっきからずーっと手を振ってるんだけど？」

「うぉっほん、お嬢さん方、いい男ならほらここに、私という者もいるじゃありませんか」

トータにオッチャンと呼ばれた青年の名は大国玄一郎。大きな福耳がトレードマークの常連の一人である。

今日の一番乗りで「なご屋」へとやってきた玄一郎は、三人娘の話に混ざろうとずっとアピールを続けていた。ようやくトータに水を向けてもらうと、渡りに舟とばかりに、頷きながら声を上げる。

「……ねぇ、どうする？」

「素敵なオジサマってわけじゃないから、私は別に興味ないー」

「まぁ、ほっといてもええかしゃん？」

三人娘はボソボソと言葉を交わすと、何事もなかったかのように味噌おでんに箸を伸ばした。

華麗にスルーされ笑顔のまま固まる玄一郎。あまりのいたたまれなさに諒がそっと言葉をかける。

「玄一郎さん、ドンマイです」

「あ、ありがとう。ま、まぁ、彼女達のような若いあやかしには私の魅力は分からんということだな。朱音さんもそうは思いませんか？」

「ほほう、おまえさんに魅力があると。随分長い付き合いになるが、初耳じゃな」

朱音の態度もそっけない。いや、きちんと話に付き合った上で一刀両断にしているだけ三人娘よりはマシなのだろうか。

散々な言われようの玄一郎だが、その正体は古くから信仰の対象となっている半神半仏のあやかしである玄一郎は、外見的にはなかなかのイケメン。以前には「大黒様」の化身。決して悪いあやかしではない。

「大須の福耳王子」として女性向け雑誌に紹介されたことがあるほどだ。

しかし、こと恋愛に関してはなぜかラテン系の気風が強く、とにかく女性と見れば手当たり次第に甘い声をかける癖があった。本人は「縁結びの一環だ」と言っているものの、ナンパに成功したという話はついぞ聞いたことがない。「なご屋」に集う女性陣からは〝残念なイケメン〟と評価されているのも無理はなかった。

だが、これしきでめげる玄一郎ではない。ポンとひとつ額をはたくと、朱音に微笑みかける。

「いやはや、いつもながら手厳しい。しかし、そんなクールな姿も朱音さんの数ある魅力のひとつというもので……」

「やめい、気色悪い」

話を遮った朱音がそっぽを向く。これには、さすがの諒も助け舟を出せそうにない。

笑顔のままシクシクと涙を浮かべる玄一郎を横目に、美禄が諒に話しかける。

「そうそう諒くん。今度の節分のお祭りなんだけど、何か予定ある？」

「あー、そうか。そういえばもう今度の週末でしたっけ」

節分のお祭り――正式には節分会と呼ばれる――は、春まつり、夏まつり、秋の大道町人祭りと共に、大変多くの人で賑わう大須の風物詩のひとつである。

名古屋の中心恵方と呼ばれる大須観音では、盛大に豆まき祈祷や「鬼追いの儀式」が行われ、七福神が乗った宝船を中心にきらびやかなパレードが街中、商店街の中まで練り歩く。

ここ最近では境内に入り切らないほど多くの参拝客や見学客が訪れる、冬の大須が一番賑わう日となっていた。

美禄の言葉を聞きつけたトータが、俄然目をキラキラとさせながら割り込んでくる。

「お祭りがあるの⁉　おいら行きたいな」

「うーん、でも警備の手伝いがあるしなぁ」

どうしたものかと、諒は腕組みをしながら、ううんと唸る。

連れて行ってやりたいのはやまやまだが、節分会では町内会の一員として警備の手伝いをするのが毎年の慣例であり、今年も協力すると既に伝えているのだ。

諒の渋い表情を見て、美禄もそのことを思い出したようである。

「あ、そっか。でも、それこそトータ君はどうするの？　一人で置いておくわけにもいかないでしょ？」

「もちろん一人はマズいんでその時間だけでも朱音さんに預かってもらおうと話してたところだったんですけど……」

「えー、置いてきぼりとかずりーよ！　おいらもお祭り行きたい！」

トータが大声を上げながら、ぷーっと頬を膨らませる。

すると、その様子を見た双葉が提案を持ちかけてきた。

「ねぇねぇ、そうしたら、トータ君をうちらで預かればいいんじゃない？」

「あ、それ名案！　そうしたらトータ君もお祭り行けるもんね。それならどう？」

双葉の考えに、美禄がポンと手を叩く。

しかし、諒はまだ煮え切らない様子だ。

「そりゃ自分としてはありがたいですが、お祭りに子供連れは大変じゃないです?」

心配そうな顔を見せる諒に、ディアナが首を小さく横に振る。

「今更遠慮なんてせんでえーがね。大の大人が三人もおるんやで、大したことあらせんって。諒くんも、そのほうが気兼ねせーへんのじゃない?」

「うーん……」

腕組みをして、トータをじっと見つめる諒。

少しして、ゆっくりと口を開いた。

「トータ、ちゃんとお姉さん達の言うこと聞けるか?」

「もちろんっ!」

パッと明るい表情となったトータが元気よく手を上げる。

その目の輝きに、諒もようやく決心がついた。

「じゃあ、申し訳ないっすけどトータも連れてってください。お願いします」

「どっこも申し訳なくなんてないよー。じゃあトータ君、今度の土曜日、おねーさん達とお祭りデートしようね」

「わーい!　デートならおいらもビシッと決めていかなきゃ」

自信満々に胸を張るトータの姿に、三人娘が笑い声を上げる。

諒は三人に感謝しつつ、そっと朱音の顔を覗き込む。

「えーっと、ちなみに朱音さんは……」

「行くわけなかろう。何を好き好んで追い払われに行かねばならぬのだ」

朱音は冷たい視線を返しながら、いつの間にか取り出していた桐の升をカウンターに打ち据える。

「で、ですよね……」

その迫力に、諒はすごすごと引き下がるしかなかった。

大須の街中が賑わう節分会だが、鬼の一族である朱音にとっては一年で一番やるせない思いをする日でもある。トータが祭りに行くなら朱音も一緒にと思わなくはなかったが、どうやら余計なお世話であったようだ。

諒が冷や汗をぬぐっていると、カウンターの隅から咳払いが聞こえた。振り向くと、玄一郎がなぜか自信満々に微笑みを浮かべていた。

「ふむ、女性と子供ばかりで賑わう境内に向かうのは心配だな。よし、ここは私がひとつ肌を脱いで……」

「「「あ、間に合ってます」」」

息の合った声でバッサリと切り捨てる三人娘。

そのあまりの見事さに、諒はただただ苦笑いを浮かべるしかなかった。

節分を迎えた二月三日。ちょうど土曜日の開催となった今年の節分会は、例年以上の人出となっていた。

本堂前に設けられた特設の舞台の上からは、「福はー内ー！」と盛大な掛け声が上がり、豆がまかれる。ちなみに、伊勢神宮から譲られたという鬼の面を寺宝としている大須観音では「鬼は外」の声がかかることはない。

境内にびっしりと詰めかけた人達はまかれた豆を受け取ろうと必死に手を伸ばし、舞台の前は立錐の余地もないほどだ。

そんな賑わう境内の一角に張られたテントの下では、諒が束の間の休憩をとっていた。

焚き火の前をちゃっかり陣取った諒は、腕組みをしながらうつらうつらと舟を漕いでいる。

すると、警備を仕切っている町内会の副会長から呼び声がかかった。

「おーい、そろそろ宝船が着く頃だから仁王門のほうに回ってくれー」

「んんっ、了解っす！」

その声に諒はすっと目を覚ますと、椅子から立ち上がってうーんと背を伸ばした。

宝船行列は節分会の名物のひとつ。その到着に合わせて担当する持ち場へと移動しようとすると、横から不意に呼び止められた。

「あ、諒くんいたいた。ねぇ、ちょっといい？」

「ん？　美禄さん、どうかしたっすか？」

やってきたのは美禄、双葉、ディアナの三人娘と彼女達に手を引かれたトータ。さらにその後ろには玄一郎の姿もある。

祭りを楽しんでいるはずの五人だが、どうも表情が冴えない。

すると、その様子を察した副会長が声をかけてきた。

「ん、諒の知り合いか？　んじゃ、とりあえず俺が代わって持ち場についとくから、話が終わったらすぐ来てくれな」

「すいません、お願いします」

副会長に頭を下げると、諒は五人をテントの中に招き入れる。

「えっと、その様子だと何かあったってことっすか？」

「いやね。大したことがないといえば大したことないんだけどさぁ……」

美禄はそう言うと、つい先ほど自分達の身に降り掛かったことを話し始めた。

彼女達は他の参拝客に交じって境内に陣取り、舞台上から撒かれる豆を夢中で取っていたらしい。

しかしそのうちに、何やらおかしなことが起こり始めたそうだ。

「最初はトータ君が解けた靴ひもを踏んづけて転びそうになっちゃったの。何とか結んであげようとしたんだけど、今度は私のポーチの口が開いてて中のものがバーッと散らばっちゃってさ」

「で、隣にいた私が拾ってあげようとしたんだけど、しゃがんだところに後ろからトンって押されてさ。つんのめって転びそうになっちゃったんだよね」

「でも、こんなにも混んどるわけだし、誰かの足でも当たってまうことはあるがね。でも双葉に手をつーっと差し出したら、今度は自分のスカートのふちっこをキュッて引っ張られてまってなぁ」

「で、ディアナおねーちゃんが転びそうになったから、おいらが慌てて支えてあげたんだっ」

「なるほど。確かにひとつひとつは大したことがなさそうっすけど、それだけ続くのはちょっと違和感ありますね。まさかとは思うっすけど、玄一郎さんがちょっかいかけてた……ってオチじゃないですよね？」

そう言いながら玄一郎に視線を送る諒。

しかし、視線を送られた本人は静かに首を横に振る。

「レディが楽しんでるところに、そんな無粋なマネはしないな。というより、後ろで見ててもなんか妙だったんだ。何もないところで急にふっと押されたり引っ張られたりしてるように見えてな、改めて彼女達に声をかけたんだが……」

「気が付いたら、持ってたビニール袋が破れてて、せっかく集めた福豆とかが半分ぐらいなくなってたんです」

「えっ⁉ そうすると誰かに盗まれたってことです？」

美禄から飛び出した思わぬ話に、諒が大きく目を見開く。もしその話が確かならこれはれっきとした窃盗事件、大問題だ。

しかし、続いて玄一郎から出た言葉は、煮え切らないものであった。

「残念ながら盗まれたとは断定しづらいのだ。もしかしたら袋が破れて落としたのに気付かず、他の参拝客に拾われただけかもしれん。今年は何せ人が多いし、かなり激しい奪い合いになっておったのも間違いないしな」

「おいらも頑張ったんだけどさ、上から振ってくるのは全然とれなかったんだ。だから下に落ちたのを一生懸命拾ってたんだよ」

「そ、そうか……」

トータが言う通り、参拝客に交じった子供達が落ちた福豆を拾い集めるのは十分に考えられる。不可抗力で袋が破れた線も否定できない以上、窃盗と考えるには早計だ。

しかし、どうにも腑に落ちない。子供の悪戯なのか、はたまた良からぬ輩が何かしているのか、いずれにしても何か作為的な匂いが感じられるのだ。

ただ、考えていても結論が出るものではない。諒は頭の中でもう一度話を整理すると、視線をすっと持ち上げた。

「分かりました。今の話は警備のメンバーで共有します。何か分かったら連絡するということで。ところで、皆さんはこれからどうします？」

「うーん、宝船行列も見たかったんだけど、場所移動しちゃったしなぁ」

美禄がそう呟くと、ディアナもうんうんと頷く。

「そーやねぇ。まーちょっとこっちで見とりたかった気持ちもあるけどねー」

「何にせよトータ君次第かな。ここでお祭り見てたい？　それとも商店街のほうにでも行ってみる？」

トータの気持ちを尊重してあげたいと優しく話しかける双葉。

しかし、トータはふるふると首を横に振る。

「それよりも、お祭りの中にひでーやつが混じってるかもしれないんだろ？　おいら、そいつを探しに行きたい！」

鼻息を荒くするトータ。

しかし、諒はトータの目をしっかりと見据えながらたしなめる。

「こらこら。まだ悪い人がいるって決まったわけじゃないんだし、勘違いだったとしたら大変だよ？　ここは大人に任せて、せっかくのお祭り楽しんでおいで」

「でも悪いやつがいるんだったら、とっ捕まえて成敗しなきゃ！」

「そういう人がいたらな。でもな、悪いヤツを捕まえるよりも大事なことがあるぞ。それは、皆がお祭りを楽しむってこと。俺達が警備を頑張ってるのも、ちゃんと安心してお祭りを楽しんでもらうためなんだ。今の話はちゃんと伝えておくから、トータは安心してお祭りを楽しんできな。ね？　美禄さん達もそう思うでしょ？」

その言葉に、美禄達三人娘が揃って首を縦に振った。

「もし悪い人がいたら、諒君がちゃんと捕まえてとっちめてくれるって。ね、年に一回しかないお祭りだし、もうちょっと遊んでこよっか？」

双葉がしゃがんでトータに視線の高さを合わせながら声をかける。

美禄とディアナも静かに微笑みながら見守っている。

すると、顎に手を当てて考え込んでいたトータが大きく首を縦に振った。

「分かった。でも諒兄ちゃん、悪いヤツがいたら絶対捕まえろよな！　あとでおいらもとっちめてやる！」

「分かった分かった。じゃあ、もう一度お祭り行ってきな。もうちょっとで宝船もこっち来るしさ」

「よし、俺様が肩車をしてやろう。せーのっと！」

玄一郎はトータの体をひょいっと掴むと、肩の上に座らせる。

もともと背が高い玄一郎の肩車だ。混んでいる境内の中でも文字通り身体ひとつ抜け出ていた。

しばらく眺めを堪能していたトータ。

すると不意に何かを見つけたようで、仁王門通のほうを指しながら声を上げた。

「あっ⁉　なんか来た！」

その声に、ディアナも背伸びをしながら様子をうかがう。

どうやら宝船行列の一行がやってきたようだ。

「おー、来(こ)やーたねー。ほんなら、まーちょっと近くまで見に行こみゃーか」

「そうだね。そういえば、美禄は首伸ばしたら見えるんじゃない？」

「そうしたいのはやまやまだけど、それこそ大騒ぎになっちゃうわ。さすがに自重しないとね」

「なー、早く行こうぜー！」

トータが待ち切れないとばかりに足をバタバタとさせる。

あんまり暴れると玄一郎が大変じゃないかと諒は心配になる。しかし、そんな諒の気持ちを察したのか、玄一郎は親指を上に掲げてポーズをとった。

どうやら、問題ないと言いたいらしいが、正直言って非常に伝わりづらい。

（こういうところがちょいちょいズレてるんだよなぁ……。まぁ、それが玄一郎さんらしいんだけどさ）

諒は心の中に言葉をしまうと、軽く会釈をして五人を見送った。

●

「じゃあ、小さなトラブルはちょいちょいあった、ってことなんっすね」

諒の言葉に、警備責任者の副会長が頷く。

一連のトラブルについて諒から報告を受けた副会長は、無線やスマホを通じて警備についているメンバーと連絡を取り合った。すると、境内やその周辺で同じようなことが起こっていたと次々と報告が上がってきたのだ。

「ただひとつひとつは本当に小さなもんでなぁ、ちょっと押されたとか、引っ張られたとかそんな程度らしい。これだけ人出があるとそりゃ多少の接触はあるだろうし、何とも難しいところだなぁ」

眉間にしわを寄せる副会長の様子に、諒もまた腕を組んでうーんと唸る。

トータ達が巻き込まれたトラブルを含め、それぞれの出来事は「事件」と呼ぶにはあまりに些細なものに過ぎない。しかし、これだけ頻発しているとなると、やはり作為が絡んでいるように思える。

（でもなぁ、こんなことをしても何がしたいんだろう……。って、もしかしてそういうことなのか？）

諒の脳裏にふとひとつの可能性が浮かび上がった。

もしその仮説が正しければ、確かに辻褄が合いそうだ。

するとそのとき、諒のスマホがブルブルっと震えた。美禄からの着信だ。

「どうしました？」

「諒くんごめん！　トータ君が突然走っていっちゃって、見失っちゃったの！」

「マジっすか⁉　今はどこっすか？」

「大須本通の入口、交番の前にいるわ！」

「分かりました！　すぐそっち行きます！」

通話を切った諒は、副会長にトータの写真を見せながら迷子探しを頼むと、すぐさま美禄達の元へ走っていく。

交番の前で待っていたのは、美禄とディアナの二人であった。

「うちらがついていてながらホントごめんっ！」

「ほんと、申し訳にゃーっ」

「それはあとにしましょう。ところで双葉さんと玄一郎さんは？」

「二人とも先に探しに行ってくれてるわ。商店街をぐるっとひと回りしてからこっちの境内に戻ってきたんだけど、急にトータ君がバーッて走ってっちゃって……」

「急いで後を追いかけようとしたんやけど、今日はぎょーさんの人でごった返してまっとるもんで……、あっちゅう間に分からんくなってまったんだわ」

「そういうことっすか。ったく、迷惑かけて……。しゃーないっす、とりあえず探しに行きましょう」

諒の言葉にコクリと頷くと、美禄は大通りのほうを指さした。

「観音さんの境内には双葉と玄一郎さんが回ってくれてるから、私達は外から大通りのほうに回ってみるわ」

「伏見通側ですね、そしたら俺は観音通側から探してみます。何かあったらすぐ連絡ください」

「了解。んじゃ、行こみゃーか」

美禄とディアナが諒にもう一度頭を下げてから駆け出していく。

二人を見送った諒もまた、すぐさま大須観音通の入口へと移動した。

節分会の豆まきも終盤を迎えており、この辺りも多くの人でごった返している。

諒は人混みを避けるように鐘楼堂の石垣にもたれかかると、ふぅと息をついた。

トータが走っていった理由は諒にもある程度想像がついている。先ほどの予想と合わせると、既に境内から離れてしまっている可能性も高いだろう。

（さて、この辺りで追いかけっこしていきそうな場所は……）

諒は頭の中で大須の地図を広げ、目星をつける。

可能性があるのは、大須観音から見て北側か東側のどちらか。もし東であればここを通っているはずだ。

諒はそっと目を閉じると、意識を集中する。

（……ん、ビンゴかな？）

あやかしの気配が、正面の道に流れている。

しかし、この人出の影響で、気配の道筋が辿りにくい。

あやかしの存在を感じ取ることができる「観」の力は嗅覚に近いものだ。複数のあやかしが近くにいると、気配が混ざって分かりにくくなってしまう。

諒は意識をさらに集中させ、気配を嗅ぎ分けようと試みる。

すると、小さなあやかしの気配が二つ、絡み合いながら大須観音通へと流れていっているのが分かった。おそらく片方がトータのものであろう。

（これなら何とか辿れそうかな……）

時間が経てば気配は消えてしまうし、別のあやかしが通ったりすると上書きされてしまう。その前に辿りつかなければ後を追うことは難しい。

諒は必死に気配を追いかけながら、急ぎ足でアーケードへと向かっていった。


大きなガラス窓のある喫茶店兼ケーキショップのある辻まで来ると、気配の流れは右へと折れていた。どうやらここで脇道に入ったようである。

いざ右へと曲がってみると、しかし、その先の気配はかき消えていた。

その理由は明確である。段違いに強力なあやかしの存在。

「おや、諒ではないか。どうした？　そんな血相を変えて」

諒の姿を見つけた朱音が、杯を持ったまま手を上げる。

どうやら朱音は、この脇道に店を構える東北名物が集まる産直居酒屋の店頭で、寒風にも負けず焼き牡蠣をつまみに熱燗を一杯やっていたようだ。

「あ、朱音さん！　もう、また昼からお酒ですか……。ってそうじゃないです。えっと、こっちにトータは来ませんでした？」

「ああ、トータならあっちにいきおったぞ」

割り箸で指した先は、みちのく屋のはす向かいにある富士浅間神社。北野神社が大須に移ってくる前に建立された歴史ある神社である。

諒は慌てて境内を覗いてみるが、トータらしき姿は見当たらない。

しかし、よく見ると社殿の脇に何か青いものが落ちている。

「もー、あんな所に帽子がほかったる……」

急いでいても神主である。鳥居の前でしっかり一礼をしてから境内に入ると、諒は落ちていた帽子を拾い上げる。

青地に筆記体のDの白文字が描かれたその古い帽子は、諒がトータに貸したものだ。

仮姿になる練習をしているトータだが、頭から飛び出した猫耳をまだ上手にしまうことができないでいる。そのため、今日のように外へ出かけるときには、諒が子供の頃にかぶっていた野球帽で耳を隠しているのだ。

その帽子が落ちているとなると、少々事である。

朱音の話によれば、トータはまだ境内にいるはず。諒はそっと耳を澄ませ気配を探る。

すると、境内の裏から何やらガタガタと騒ぐような音がした。

「そっちか！」

すぐさま境内の裏に回る諒。するとそこには、取っ組み合いをする二人の子供の姿があった。

頭に黒い猫耳をピンと立てているのはトータで間違いない。そしてもう一人もまた、トータと同じくらいの背格好をした子供であった。

はっと目を引く朱色の髪の一部をてっぺんでまとめてしっかりと結わえたその髪型は、まるでおとぎ話に出てくる子供のよう。

朱髪の子供は逃げようと何度も腕を振り払おうとするが、トータも負けじと掴み返して離そうとしない。

「おまえ、いい加減離せよ！」

「やだね！　ぜったい逃がさねーぞっ！」

取っ組み合う二人の様子に額を押さえながら、諒はトータを怒鳴りつける。

「こらっ、トータ！　何しとる！」

そしてそのまま二人の背中を掴むと、ぐいっと腕を開いて引き離した。

突然の乱入者に一瞬固まった二人だが、すぐさま我に返って騒ぎ始める。

「なんだよー！　せっかく捕まえたのに！」

「誰だアンタ？　オレの邪魔しないでよ！」

二人ともジタバタと暴れるものの、大人の諒が相手では振り解くことはできない。

暴れる二人を器用に手で制しながら、諒はトータを睨みつける。

「ったく、こんなことだろうと思った。トータ、なんで一人で走ってった？」

「だって、コイツがさっきの犯人なんだぜ！　おいら、見たんだ！」

「へーんっ！どこに証拠があるんだよぉ！」

トータの言葉にかぶせるように文句をつける朱髪の子。

するとと再び怒りに火がついたのか、トータが顔を真っ赤に染めながら大声を上げた。

「はぁ!? 目の前で堂々と〝ひざかっくん〟してたじゃねーかっ！ だいたい、何にもしてなかったらなんで逃げんだよ！」

「そんなの、変な奴が追っかけてくるからに決まってんじゃん！ だいたい、なにその猫耳？ ちゃんと隠しもできない赤ちゃんあやかしなんでちゅかー？」

「言ったなーっ！ このーっ！」

怒り心頭のトータが再び飛びつこうとするが、相手に手が届く前に背中をぐいっと引っ張り上げられる。

「だからやめろって言ってんだろ？ そっちも、うちのトータにあんまり酷いこと言うなら俺が相手してやってもいいんだぜ？」

声を低くしながらぎろっと睨みつける諒。その視線に朱髪の子が一瞬尻込みをする。

しかしすぐさま胸を張ると、大声でまくしたて始めた。

「へんっ、おまえなんて所詮人間じゃんか！ 人間なんてオレに驚かされていればいいんだよーっと。これでもくらえーっ！」

朱髪の子が勢いをつけて足を蹴り上げる。すると勢いよく振り上げられたその足は、諒の二本の足の間を振り上がっていった。

そして行きついた先は、諒の急所スレスレの足の付け根であった。

「ぐえっ⁉」

完全な直撃は避けたものの、かすめただけでも相当な痛みである。

二人をしっかりと捕まえていた諒の手が思わず緩んだ。

「ざまーみろっ！　じゃ、あばよーっ！」

一瞬の隙をつき、朱髪の子が諒の手から逃れる。次の瞬間には姿を消していた。

「もーっ！　せっかく捕まえたのに逃がしちゃったじゃねーか！」

地面に降り立ったトータが頬を膨らませて抗議の声を上げる。

それを言い終わるのが早いか、ゴンと鈍い音が辺りに響き渡った。

トータの猫耳の間めがけて、諒が拳を落としたのだ。

「ったぁ！　何するんだよぉ！」

「何するんだよじゃないっ！　お前、なんで一人で突っ走ってった」

「だって、早く捕まえないと逃げられるだろ！　アイツ、悪戯ばっかりしてる悪いあやかしだぜ！」

よほど拳が痛かったのか、トータは目に涙を浮かべながら猛抗議。

しかし諒は、そんなトータの肩を掴むと、ぐっと顔を近づけた。

「お前な、今日は誰と一緒におったんだ？」

「え？　そりゃ、おねーちゃん達とだけど……」

「だったら、なんで一言言わんかった？」

低く抑えられた、しかし圧力を感じる諒の言葉に、トータが声を詰まらせる。

さっきの朱髪の子が悪戯をしていたのをトータが見たというのは確かなのであろう。

正義感に駆られ、自分で捕まえようと思ったその気持ちも理解してやらなくはない。

しかしそれを差し引いても「一人で勝手に飛び出した」ことはよろしくない。特に今日は、美禄達がトータのために時間を割いてくれているのだ。

これからしばらくはあやかし長屋で暮らしていかなければならないことを思うと、今のうちにしっかりと叱る必要がある。かつて朱音が自分の頭に鉄拳を振り下ろしたときのことを思い出しながら、痛む拳をさすり、諒は再び口を開いた。

「正義感を持つのはええことや。だけど、今も美禄さん達はおまえを必死に探しとる。万が一おまえに何かあったらって心配しとるんだ。おまえがやらなあかんのは、まずは『心配をかけない』こと。その順番は間違えたらあかんぞ」

「だ、だって……」

「あん？　まだ口答えするんか？」

普段とは違って真顔で睨みつける諒の様子に、トータがしゅんと猫耳を倒す。

そしてしばらくの沈黙が続いた後、ようやく口を開いた。

「……ご、ごめんなさい」

小声で震えてはいるものの、それでもしっかりと反省を感じる口調だ。

諒が、ようやく頬を緩める。

「じゃあ、今から何をすればいいと思う？」

「美禄さん達のところに戻って、謝る……」

「よし、ちゃんと分かってるみたいだな。じゃ、行くぞ」

諒は取っ組み合いのせいで汚れてしまったトータの服をパンパンと払うと、先ほど拾った帽子をパフッと頭にかぶせた。

目深にかぶった帽子の下の様子は見ることができない。しかしトータの手は、諒の手をぎゅっと強く握りしめていた。

美禄達と連絡を取り合った後、諒はトータを連れて「なご屋」へと戻った。ほどなくして美禄達三人娘も姿を見せる。なお、玄一郎は別の予定があるとのことで、途中で別れたそうだ。

諒は夜営業の準備を進めながら、カウンターに並んだ美禄達に経緯を説明する。そしてひと通り話を終えると、猫耳をペタンと倒したトータがペコリと頭を下げた。

「勝手に走っていっちゃって、ごめんなさい……」

「トータ君、心配したんだからねっ！」

最初こそ真面目な顔で諭す美禄だったが、トータが神妙な顔を見せると優しく微笑んだ。

双葉もまたしゃがみながらトータに声をかける。

「お姉さんもびっくりしちゃったよー。でも、トータ君、すっごく足早いねーっ。しゅるるって行っちゃったから、全然追いつけなかったよ」

その言葉に照れ笑いを浮かべてはにかむトータ。

すると今度は、ディアナが諒に質問を投げかける。

「ほんでも、トータくんと取っ組み合いしてたって子、いったいどこの子なんやろ？　結局は逃げてまったんやろ？」

「ああ、それなら実は目星をつけてます。いや、自分の考えが正しければって条件付ではあるんっすけどね……」

諒はふわっと答えながら、水で冷やしておいた茹で卵の殻をぺりぺりと剥いていく。

するとそのとき、扉がガラガラっと開いた。

「少々待たせたな。お連れしたぞ」

姿を見せたのは朱音。その後ろから一人の老婆が続けて入ってくる。

「諒や、やっとかめだなも」

「ばば様、こちらこそご無沙汰しております。お呼びたてしてご足労をおかけいたしました」

達者な名古屋弁で挨拶する老婆に、諒もまた手を止めて深々と頭を下げる。

彼女の名は桐(きり)。大須あやかしの長老の一人であり、皆から「ばば様」と呼ばれて慕われている付喪神(つくもがみ)のあやかし「たんすのばあば」である。

長老の突然の訪問に美禄達が慌てて立ち上がるが、桐は、穏やかに笑みを浮かべながら三人に座るよう促した。

「そんなかしこまらんでもええなも。それより……おーい、入ってきなしゃーて」

桐が呼び掛けると、扉の向こうからぶすっと膨れっ面をした一人の子供が入ってくる。

するとその朱色の髪を見るやいなや、トータが大きな声を上げた。

「あーっ！　てめーさっきの！」

向こうもトータに気付いたようで、負けじと大声を張り上げる。

「あっ！　さっきのうっとおしいガキんちょ！」

「よくもさっきは逃げやがったなぁ！」

「へへーん、邪魔さえ入らんかったら、おまえなんてちょちょいのちょいだったんだぜーっていてっ⁉」

朱髪の子の頭に、桐のげんこつが落ちる。

「ほんまアンタはたーけな事ばっかりゆーて！　ちょーすいとったらかん！」

「へん、ざまぁみろーって、ってぇ⁉」

軽口を叩いたトータにも、カウンター側に回ってきた諒から拳が落とされる。よほど痛かったのであろう。二人とも同じようにその場にしゃがみ込み、頭を抱えていた。

「おまえもだよ。ったく、うちのトータがご迷惑をおかけしまして……」

「そりゃーこっちの台詞(せりふ)だなも。うちのサクマがおーちゃくばーっかするもんだでかん。ほんま、どえりゃけにゃあおそぎゃー子で申し訳にゃー」

「ねぇねぇ、何て言ってるか分かる？」

二人の話を横で聞いていた美禄がディアナにぼそぼそと耳打ちする。

どうやら桐の使う名古屋弁があまりになまりすぎて、意味が取りづらいようだ。

「んとね、この子が横着……えーっと、いたずらしとるからあかん。ホントにでらめっさおそがい……恐ろしい子で申し訳にゃー、って感じかな？」

「ありがと、何となく分かったわ。ってことはやっぱり……」

ディアナの通訳でようやく会話の内容を理解した美禄が、うーんと眉をひそめる。

するとここまで静かに耳を傾けていた双葉が、サクマと呼ばれた朱髪の子に声をかけた。

「ということは、サクマくんだっけ？　やっぱり君が悪戯をしてたの？」

「……そうだよ。でも、なんでそれがダメなの⁉　オレは妖怪なんだ。ちょっとぐらい人を驚かせたっていいじゃんかよーっ！」

サクマはそう叫ぶと、不満そうに頬を膨らませる。

確かに妖怪に属するあやかしにとって、人々を驚かせたりすることが習性となっている者も多い。サクマの言葉は、同じ妖怪である美禄や双葉には理解できる部分もあった。

しかし、トータにはそれがどうにも納得できないようだ。

「だけど、『ひとの世』で住むんだったら、人に迷惑をかけちゃダメなんだってっ！　諒兄ちゃん、そうなんだよね？」

トータはくるっと振り向き、諒に同意を求める。

しかし諒がそれに答えるよりも早く、サクマがいっそう大きな声を上げた。

「そんなの人間の勝手なルールじゃんかーっ！　おいら、そんなの知らないしーっ！　だいたい人間なんて勝手なんだよ！　オレがちゃんと幸せを呼び込むようにいてやってもさ、気持ち悪いとか家が壊れてるんじゃないかって言ってさ！　オレのことちゃーんと見てくれないんだもんっ！　あーもーっ、思い出したらまた腹がたってきた！　オレ、もう帰る！」

朱髪を掻きむしりながらそっぽを向くサクマ。そのまま店の外へ出ようとした次の瞬間、ぐぅぅと大きな音が響き渡った。

慌ててばっと振り返ったサクマが、視線をあちこちに彷徨（さまよ）わせる。よほど恥ずかしかったのか、顔は真っ赤だ。

すると諒が、口元に笑みを浮かべながら優しく話しかけた。

「せっかくうちの店に来てくれたんだ。帰る前に飯食ってかねーか？　ばば様ももしよければ」

「ほやねぇ、せっかくやでおよばれしよーかしゃん。サクマもえーな？」

桐の言葉にしばらくじっと黙っていたサクマだったが、やがてコクリと頷いた。

すると横から美禄もはいはいと手を上げてくる。

「私達も一緒でいいよね？」

「ええ、もちろんです。トータも手伝いは後でいいので、先にサクマくんと一緒に飯食べちゃいな」

「えーっ！　コイツと一緒に飯とかやだ」

不服そうに口をとがらせるトータだったが、すぐさまぐぅと音がこだました。本日二度目の腹の虫の鳴き声だ。

そのタイミングの良さに、諒は思わずぷっと噴き出してしまう。

「まぁ、大人しくそこ座ってや。とりあえず二人分すぐ作るな」

コクリと頷いたトータの顔は、サクマと同じくらいに真っ赤に染まっていた。

●

いつもより少し早目に提灯に灯りを入れると、諒は早速料理へと取り掛かった。

最初に作ったのは、子供達向けの一品。手際よく作り終えると、並んで座った二人の前にそれを差し出す。

「はいよ、お待ちどうさま」

差し出された楕円の皿の上には、トロトロの半熟オムレツ。その下にあるのは白いご飯のようだ。黄色の玉子の上からかけられた深い茶色のソースが何とも美しい。

「うわぁ、すっごい美味しそう！　これってオムライスってやつだよね！」

美味しそうな料理に、サクマが目を輝かせる。

トータも待ち切れないと言わんばかりだ。

「ねーねーっ！　もう食べてもいい？」

「ああ、熱いから気を付けてな」

「サクマもちゃんといただきますってしときゃーせ」

「はーいっ。いっただっきまーすっ」

二人はそろって手を合わせると、スプーンを掴んで猛然と食べ始めた。

ひと口食べては驚きの顔、もうひと口食べては幸せそうに相好を崩す。

その様子に、周りにいる大人達も思わずゴクリと喉を鳴らした。たまらず声を上げたのは美禄だ。

「いいなぁ。諒くん、私達の分は？」

「はいはい、ちゃんと用意してますよっと。大人の皆さんにはこちらをどうぞ」

諒が差し出した長方形の平皿にのっていたのは、きれいに巻かれたオムレツ。その上にもサクマ達のオムライスと同じように茶色のソースがかかっている。ご飯が敷かれていないのは酒のつまみにしてほしいという諒のメッセージ。

その一皿に、桐が驚いた様子でまじまじと見る。

「ほー、こりゃまたどえりゃあハイカラなもんが出てきやーしたなも」

「ふむ、洋食とはまた珍しいな。上にかかっているのは〝どみぐらすそおす〟とやらか？」

朱音が首を傾げると、諒が笑みを浮かべながら答える。

「さぁ、どうでしょうか？　どうぞ温かいうちに食べてみてください」

「んじゃ、遠慮のー頂戴(ちょうでゃあ)するでよー」

ディアナが箸を入れると、ふっくらとした黄色い玉子の断面から白い湯気が立ち上った。

子供達のものよりもしっかりと火が通され、固めに焼き上げられたオムレツは箸で持っても崩れることはない。

それぞれひと切れずつ口へと運び、目を閉じてしばし味わう。やがて誰からともなく、ほーっと驚きの声が口から漏れ出た。

「これ、デミグラスソースじゃない！　おでんだ！」

いち早く反応した美禄の言葉に、諒がコクリと頷く。

「ご明察です。こちらはさしずめ『どてオムレツ』といったところですかね。子供用に作った『どてオムライス』を酒のつまみになるようアレンジしたものです」

「ほんと、温とい味だなも。よー勘考なさっとらっせる」

桐は、どてオムレツを少しずつ大事に味わう。

うんうんと何度も頷きながら食べ進める様子に、諒もほっと一息つく。

「ばば様にそう言ってもらえると嬉しいですね。ありがとうございます」

「えーなもえーなも。お礼なんてえーがね。それはそうと、皆さんにご迷惑かけとったんがうちのサクマっちゅーこと、よーわかりゃーしたなも」

「そうそう。諒くん、なんでわかったの？」

美禄もどてオムレツをもぐもぐと食べながら口を挟んでくる。

諒は、ひとつ頷いてから質問に答えた。

「トラブルが本当に些細なことだったんで、大人の仕業とは違うのかなと。もし大人がやってたとするともっとスリとか痴漢とか、犯罪的な行為に出るんじゃないかなって」

「まぁ、言われてみれば確かにそうだよねぇ」

諒の推理に双葉がうんうんと頷く。さらに話は続けられる。

「とはいえ、単なる子供の悪戯にしてはちょっと続きすぎっすよね？　しかもそれが警備のスタッフの目にはまったく止まっていない。そうなると流石に不自然だなって」

「なるほど、それであやかしの仕業と？」

ディアナの言葉に、諒が首を縦に振る。

「あやかしの『力』なら、自分に対する意識をそらすことも容易にできるでしょう。それに、妖怪(もののけ)をはじめ、悪戯好きのあやかしというのは割と多い。ならばやっぱりあやかし、それも『子供のあやかし』が絡んでいるんじゃないかって思ったんす。人間に対して効果のある力でも、同じあやかしであるトータには効きにくい。それに視線の高さも近いトータなら人々の間から悪戯している犯人を垣間見るってことも十分考えられるなって」

「なるほどねぇ。でもさ、あやかしの仕業とはいっても、なんでばば様と繋がるわけ？」

続いて湧いてきた疑問を美禄が投げかけると、諒はいつしか指定席に座っていた朱音にチラリと視線を送った。

「そこは自分だけでは分かりませんでした。で、朱音さんに相談したんですが……」

「うむ、諒の話を聞いてピンと来たんじゃ。最近、たんすのばば様の所に幼いあやかしがやってきたとな」

　朱音はそう言うと盃をくいっと傾ける。手元のどてオムレツはあっという間に半分になっていた。

　再び話は諒へと戻る。

「ひとの世で暮らす子供のあやかしなんてそう多くはいませんから、きっと何か関係しているだろうなって。まぁでも、正直当てずっぽうのところも多いですし、違う可能性も十分あったかなと……」

「諒の言う通りだなも。この子は『あかしゃぐま』っちゅーてな、たまたま縁が合うてうちが面倒見させてもろうとるんじゃ。ただ、こやつはちょっとばかし手癖がわるくてのぉ。人様に迷惑かけたらいかんと言っとるんじゃがなかなか直らせんくてなも……」

　桐はそう言うと、溜め息を吐き眉間にしわを寄せる。

　すると今度は双葉が質問を投げかけた。

「うーん、でもそれなら無理にこっち（ひとの世）で暮らす必要はないんじゃないです？　こっちで暮らすなら一般の人に迷惑をかけないってのは基本的な決まりだし、妖郷にいたほうがよっぽど気兼ねなく楽に住めそうなんですけど……」

「それがまぁまぁ難儀でのぉ。こやつはこっち（ひとの世）で生まれたあやかしだもんで、向こうの世界に住みゃーせたところで塩梅よう上手くいくとは限らせんのだなも」

「えっ！　あやかしなのにこっち生まれとかあるんです？」

たんすのばあばから出た思わぬ言葉に、諒が驚きの表情を見せる。

するとカウンターの端にいた朱音が答えた。

「確かに珍しいが、なくはない。ばば様のような付喪神は『ひとの世』生まれであることが多いし、古くは人の娘が由縁あって鬼姫へと変わったという話もある。化け狸や化け狐の類も『ひとの世』生まれじゃな」

「なるほど……。でも、そういうあやかしって『門』をくぐってないってことっすよね？　そうすると『外道者』ってことになっちゃったりは……」

心配そうな表情で恐る恐る尋ねる諒。

しかし、朱音は冷静な表情を崩さぬまま、その質問に答える。

「それは心配いらぬ。ひとの世生まれのあやかしであれば、『門』をくぐらぬとも外道扱いされることはない」

「あ、そうなんですね。ほっとしました」

朱音の言葉に、諒はふーっと息をついた。

すると今度は桐が口を開く。

「こっちで生まれたあやかしは、やはりこっちでの暮らしが一番でなぁ。サクマ、お主は『妖郷』に行ってみる気はありゃーすか？」

「えー、こっちがいいー！」

どてオムライスをすっかり完食していたサクマが、少し慌てた様子で答えた。

そんなサクマの様子が引っ掛かったのか、美禄が声をかける。

「えー、そこまで嫌なの？　あっちはあっちでいいところもあるんだけどなぁ……」

「だって、あっちにはマンガとかスマホとかないんでしょ？　それに、コンビニもゲーセンもないって話だし、知り合いもいねーし、そんな何にもない所に行っても退屈すぎてつまんねーもん！」

「まぁ、自然だけはいっぱいあるけど、確かに子供からすればなーんにもないよねえ」

双葉の話によると、あやかしの世界の中でも妖怪(もののけ)達が暮らす「妖郷」というのは、ひとの世でいうところのひと昔前の人里離れた山奥の集落といったような所のようだ。

温暖な気候で食べ物に困ることはないが、基本は自給自足であり、大した娯楽もないらしい。

それを聞いてしまうと、生粋の大須っ子である諒にもサクマが嫌がる気持ちは十分に理解できた。

そんな諒の心の内を察したのか、朱音がすっと目を細める。

「しかし、あまり悪戯が目に余るようなら『外道者』呼ばわりされても仕方がない。そうなれば、郷に送らなければならぬ。それがこのひとの世であやかしが暮らす掟じゃからな」

ぴしゃりと告げられる朱音の言葉に、場が一気に静まり返った。

すると、これまで黙って話を聞いていたトータが椅子を倒しながら勢いよく立ち上がる。

「そんなの、だめだ！」

「おおう、どうしたトータ？」

トータの突然の行動に、諒が驚いて目を見開く。美禄達の目も点になっていた。

トータはサクマをかばうように前に立ち、朱音をキッと睨みつける。

「そんなことしたら、サクマが向こうで一人ぼっちになっちゃうじゃん！　かわいそうだ！」

「な、なんだよぉ！　オレは別に一人ぼっちでも寂しくなんか……」

サクマは強がるが、だんだんと声が小さくなる。

「だって、あっち行ったら何にもないんだろ！　コンビニもゲーセンもないし、ばば様にだって会えなくなっちゃうんだろ！」

トータの言葉にはっと顔色を変えるサクマ。

ばっと横を振り向くと、そこには寂しそうに微笑む桐の姿があった。

サクマの目が次第に潤んでいく。

「……やだ、ばば様に会えないのはやだーっ！」

「ならば、しばらく大人しくせい。そして新たな家を早く見つけることだ。お主の本質は『悪戯』ではなかろう？」

「ほうやで。そのうちちゃーんと家も見つかりゃーすわ。それまでちーとばかし辛抱しなしゃーて」

諭すようにゆっくりと話す朱音と桐。その言葉にサクマもコクリと頷いた。

するとその会話を聞いていた諒がそーっと手を挙げる。

「えっとごめんなさい、状況がよく呑み込めないんすが、新たな家って何のことっすか……？」

恐る恐る尋ねる諒。しかし、朱音の視線は冷たい。

「ったく、後から聞けばよかろうに……。まあよいか。『あかしゃぐま』というのは、本来は家に憑くあやかし。あかしゃぐまのいる家には幸運が招かれるのじゃ」

「つまりあかしゃぐまって、座敷わらしみたいなもん……？」

「まーまー似とらっせるなも。ほやけど、大人しい座敷わらしとは違うてあかしゃぐまは悪戯好きやもんで、人間達が往生こかされることもありゃあすわ。こいつもあんまり横着いことばーっかしとったもんで、前の家に住んどった連中が愛想尽かして出てってまったんだなも」

「なるほど、それでばば様の所にいたというわけですね」

諒の言葉に、桐がコクリと頷く。

一緒に話を聞いていた美禄達も状況を理解したようだ。

「なるほどー、君は幸せを運ぶあやかしなんだね！」

「いいなー、私も幸せにしてもらいたいなー。いっそうちに来ないー？」

「おみゃーさん達のとこじゃ狭(せみ)ゃーでかんわー。それならうちに来たってちょー」

あやかし三人娘が、一見にこやかにサクマへ声をかける。

しかし、その目はギラギラと輝いており、鼻息も荒い。

そんな空気が伝わったのか、サクマは慌てたように桐の背中へと身を隠した。

見守っていた朱音がふーぅと大きく溜め息を吐く。

「ったく、子供を怖がらせてどうする。そんなんだから男も寄り付かんのじゃ」

「「「す、すいません……」」」

朱音に一喝され、三人娘がしゅんと縮こまる。その様子に諒は思わずプッと噴き出してしまった。

朱音はふぅと息をつくと、再び淡々と言葉を続ける。

「それはともかく、この『ひとの世』で暮らすにはむやみやたらな悪戯は控えてもらわなければならぬ。この『掟』だけはきつく心に留めておくがよい。もし掟をたびたび破るようなら『門番』として見過ごすことはできなくなるのでな」

「う、うーん……」

その厳しい言葉に、サクマが思わず黙り込む。

あやかしの世界に行くのは気が進まないが、とはいえ人間に悪戯してはいけないと言われるとそれはそれで辛い。

あかしゃぐまにとって「悪戯」も大事な個性の一部、それを抑えるのはかなり大変なことなのだ。

サクマは眉間にしわを寄せ、難しい表情を見せる。

すると、その様子を見守っていた諒が朱音に声をかけた。

「朱音さん、さっきの話なんですけど『人間に迷惑をかけるような』悪戯がダメってことですよね……？」

「うむ。人に迷惑をかけるなかれというのが『掟』じゃからな」

「なるほど、それなら……。うん、サクマくん、うちのトータと友達になってやってくれねーか？」

「はぁ⁉　諒兄ちゃん、突然何言ってんの⁉」

唐突な諒の言葉に、トータが目を白黒とさせる。

サクマもまたその意図を掴めず、きょとんと首を傾げた。

そんな二人に、諒がさらに説明を続ける。

「いや、友達同士だったら多少のふざけ合いや悪戯も許せるかなーって思ったんだけどさ。ほら、トータはあやかしだから『掟』の対象外になるわけだし。ねぇ朱音さん、そうですよね？」

同意を求めた諒の言葉に、朱音がコクリと頷いた。

「ってことは、こいつ相手だったら悪戯し放題ってこと？」

まるで新しいおもちゃを見つけたと言わんばかりに、サクマがにまーっと笑みを浮かべる。

しかし、それではトータが収まらない。カウンターをバンと叩くと飛び上がるように立ち上がった。

「そんなんいいわけないじゃん！　なんでコイツにやられっぱなしにならなきゃいけないんだよっ！」

「そこはほら、五分と五分ってことにしようぜ。やられっぱなしが嫌ならおまえもスキを見てやり返せばいい。ただし、お互いに相手に怪我をさせるような悪戯はダメ。もちろん、喧嘩なんてしたら両方ともゴッツンだ」

にやりと口角を持ち上げながら話す諒。

しかし、それでも二人はすぐには納得できないようだ。

「だから、なんでおいらがこんなヤツと友達になんなきゃいけねーんだよっ！」

「それはコッチの台詞だって！　なんでオレがこんなやつとー！」

「言ったなぁ⁉」

「なんだよぉ、文句あるんかよぉ！」

トータとサクマが額を突き合わせながら睨み合う。今にも取っ組み合いを始めそうな、一触即発の雰囲気だ。

すると諒がゴホンとひとつ咳払いをする。

「そうか、そんなに嫌か。そうしたら、やっぱりサクマくんはいつか妖郷に行くことになるんだろうなぁ……」

「えっ？　な、なんで！」

思わぬ諒の言葉にトータがばっと振り向く。

「いやだって。あかしゃぐまのサクマくんに無理やり『悪戯』を我慢させるのもかわいそうじゃん。だったら、やっぱりこっちじゃなくて向こうのほうがのびのびできるだろうし、そもそも悪戯を我慢できずに『掟』を破ったら強制送還になっちゃうっしょ？」

「でも、それじゃサクマかわいそうじゃん！」

トータは不満げな声を上げる。

そんなトータに、諒はニコッと笑顔を見せた。

「そしたらトータ、サクマくんがちゃんとこっちで暮らせるようにおまえが助けてやってくれ。それにサクマくんも、うちのトータの遊び相手になってもらえればすごく嬉しい。なんせコイツもなんだかんだで一人ぼっちだからな」

その言葉に、トータが猫耳をぴくっと動かす。

サクマもまた、じーっとトータの顔を見つめた。

しばらくして、トータがじっとサクマの目を見つめながら口を開く。

「……しゃーねーな。ただ、おいらに簡単に悪戯できると思うなよ！」

「へへーん、おまえの仕返しなんて一切くらわないからなーっ！」

悪態をつき合うトータとサクマ。

諒はやれやれと肩をすくめながらも、ほっと一息ついていた。

すると、一連のやりとりを見守っていた桐が深々と頭を下げる。

「ほんに申し訳にゃーのー。ほんでも、これでサクマに友達ができゃーしたなも。改めて、これから仲良うしてくださりゃーせ」

「いえいえ、こちらこそトータに友達を作ってやれる良い機会になりました。これからいろいろお世話になると思いますし、ご迷惑をかけてしまうと思います。どうぞよろしくお願いいたします」

そう言いながら深々と頭を下げる諒。桐もまた目を細めながら何度も何度も頷いていた。

●

「すいません、お待たせしました」

頭のバンダナを巻き直しながら二階から降りてきた諒が、定位置に座っている朱音へと声をかける。

朱音は杯をくいっと傾けると、ゆっくりと口を開いた。

「問題ない。それよりトータはちゃんと寝たか？」

「ええ、すっかりぐっすりっすわ。今日はいろいろありましたし、さすがに疲れたんでしょうね。子供には遅い時間ですし」

諒が見上げた時計の針は、午後十一時を指そうとしている。

あれからしばらくワイワイと賑やかに過ごしていたが、あまり遅くなってはいけないという桐に連れられ、サクマはほどほどのところで帰路に着いていた。

そして三人娘もそれに続いて切り上げ、自分達の部屋へと戻っていった。

その後も一応は営業を続けていたものの、客はちらほらとやってくる程度。

今は朱音だけがカウンター奥の指定席でちびりちびりとやっているばかりだ。

厨房で皿の片付けをしていた諒が、ふうと息をつく。

「よし、今日はもう閉めるっす」

「ほう、今日はいやに早い上がりじゃないか、売上はいいのか？」

諒の宣言に、この店のオーナーであり諒の雇い主である朱音が顔を上げる。

諒の給料は歩合制、売上が上がらなければそれだけ手取りも減ってしまうからだ。

しかし、朱音の確認にも諒は首を縦に振る。

「ええ。商店街の人達も休んでると思いますし、これ以上開けてても誰も来ないでしょう。時間も時間なんで、今日は早じまいっす」

「なるほど、まぁその辺はお主に任せる」

徳利に入った酒を手酌で注ぐと、朱音は再び杯をくいっと傾ける。

もう随分と酒が進んでいるはずだが、乱れる様子は一切ない。どうやら鬼の一族は酒に滅法強いようだ。

諒は入口の提灯の灯りを落とし暖簾を片付ける。そして厨房へと戻ると、大鍋の中からどて串を取り出した。

「ちょっとだけ余ってました」

「ほほう、これはまたしっかりと味が染みていそうだな」

じっくりと炊き込まれたどて串はたっぷりと味噌を吸い込み、深い茶色に染まっている。

白く湯気が立ち上るそれを一本手に取ると、朱音はすっと口元へと運んだ。

「うむ、まあまあの出来だな」

「これでもまあまあっすか、手厳しいっすね」

厳しい言葉に苦笑いを浮かべながら、諒は頭に巻いたバンダナを取って朱音の隣に座る。

新しく運んできた徳利から朱音の杯へ酒を注ぎながら、諒は頭を下げた。

「今日はいろいろありがとうございました。それに、トータのことも……」

「ん？　トータについては何もしとらぬが……？」

礼の言葉を言われる筋合いはないとばかりに小首を傾げる朱音。

しかし諒は首を横に振り、ゆっくりと口を開く。

「トータが『門』を通れなかったのって、朱音さんがそうしたってことですよね？　ひとの世生まれの可能性があるなら、こっちにいたほうがいいってことで」

サクマの件があるまで、諒は「ひとの世生まれのあやかし」のことを知らなかった。もし仮にトータがそうであるならば、サクマ同様、あやかしの世界では暮らしづらい可能性も高い。

とはいえ、現状ではただの推測にすぎない。厳密に言えば今のトータは「外道者」に近い立場であり、少なくとも一度はあやかしの世界に行かせなければならない。

門番としてどのあやかしよりも掟を守らねばならない立場の朱音にとって、見過ごしづらい状況にあることは想像に難くなかった。

それゆえに、朱音はトータに一度は「門」をくぐらせ、そして拒否されたという形を取ることでそのままひとの世で暮らせるように計らった。これが今日起こった一連の出来事を通じて思い当たった、諒の推測であった。

果たしてその推測は合っているのであろうか。諒は朱音の顔をそっと覗き込む。

しかし、朱音はふんと鼻を鳴らし、そっぽを向いた。

「何を小難しいことを考えておる。あれは偶然に過ぎぬ」

「またまたー、そんなふうに照れ隠ししなくっても……っててっ⁉」

ゴンと鈍い音がカウンターに響き、朱音の拳が諒の頭にめり込んだ。

あまりの痛さに、諒が頭を押さえる。

「ったく、口だけは一人前になりおって……」

「もーっ、ちょっとは手加減してくださいよ。ったく、すぐに手が出るんっすから……」

「ん？　もう一発欲しいのか？」

「いやいや！　もういいっす！」

慌てて首を振る諒の姿に、朱音も拳を引っ込めた。

「しかし、サクマくん……じゃなかった、咲麻ちゃんが女の子だったとは……」

「なんじゃ、気付いとらんかったのか？」

あきれたような表情を見せる朱音。

それに対し、諒が慌てて反論する。

「いやだって、どう見ても男の子でしたよ？　自分のことも『オレ』って言ってたし……」

「それはお主の観察眼が足りぬだけじゃ。それにサクマが男だろうが女だろうが、大して違いはなかろう。何分まだ小さいのじゃからな」

「まぁ、それはそうですけど……」

サクマもトータも、人間で言えばランドセルを背負っている程度の年齢。まだまだ色恋沙汰を考えるには幼い。

将来はさておき、今の二人なら十分仲良くなれるだろう。道を踏み外しそうになっても、友人がいれば支えてくれる。数少ない「ひとの世生まれの子供のあやかし」同士だからこそ、互いに良き友人となってほしいと諒は願っていた。

ただ、今日の様子だと友達というよりは悪友に近い存在になるかもしれないが。

疲れた一日だった。それでも気分は悪くない。

カウンターの上に並べてあった杯を手にすると、諒は朱音の前にすっと差し出した。

「一杯頂いていいっすか？」

「ったく、仕方ないな。ほれ」

傾けられた徳利から、わずかに色が付いた香り高い水がトクトクトクと流れ出る。

なみなみと満たされた一杯の酒。今日の諒にはこれが一番のご褒美であった。

第三章　付喪神とアイドルメイド

「すっげー……」

満開となった大きな桜の木を見上げながら、トータがポカンと口を開ける。

春本番の陽気となったこの日、諒とトータは三輪（みわ）神社を訪れていた。

室町時代に創建された三輪神社は、尾張徳川家とも縁が深い由緒ある神社である。

お祀りしているのは大物主神（おおものぬしのかみ）——いわゆる大黒様。最近では縁結びのパワースポットとして参拝客も増えてきているらしい。

江戸の頃にはこの三輪神社の境内に通し矢の修練場が設けられ、それが由来となってこの一帯は「矢場町」と呼ばれるようになっている。近くに本店を構える味噌カツの有名店の屋号もこの矢場町の名が由来だ。

商店街の中心から少し外れた場所にあるということもあり、三輪神社の境内は静謐（せいひつ）な空気の中で四季折々の自然な美しさを感じることができる。春を迎えたこの時期に見頃を迎えるのが淡墨桜（うすずみざくら）。枝いっぱいに花を咲かせた大きな古木の姿は圧巻だ。

せっかくの晴天に恵まれたこともあり、諒はこの美しい姿をトータにも見せてやろうと、いつもの買い出しの途中で三輪神社に立ち寄っていたのだ。久しぶりに見

る淡墨桜の荘厳な景色に、諒も思わず見とれてしまう。

　春の美を堪能している諒に、後ろから声がかけられた。

「おや、諒じゃないか。朝早くから参拝とは珍しいな」

　声の主は立派な福耳を持った「なご屋」の常連、玄一郎であった。

　普段とは違う作務衣姿の玄一郎に、諒はおやっと思いながらも挨拶を返す。

「おはようございます。今日はトータにこの淡墨桜を見せたくて。玄さんこそ手伝いとか珍しくないっすか？」

「まぁ、俺にとってここは『家』みたいなもんだからな。手伝いぐらいはするさ」

　その言葉に諒もふむと頷く。確かに「大黒様」の化身である玄一郎にとって、ここが極めて縁の深い場所であることは間違いない。手伝うのも納得がいく話だ。

　立ち話をしているとチチチと境内に鳥の声が響く。時計を見ると、そろそろいい時間となっていた。

　玄一郎と話していた間もずーっと桜を見上げていたトータに、諒が声をかける。

「さて、そろそろ行くか？」

「おう！」

　トータは返事をすると、境内の外へと一目散に駆け出していく。

　諒もまた、玄一郎に挨拶をして、その後を追いかけていった。

その日の晩も、いつもと同じように「なご屋」の営業が始まった。

入口の提灯に灯りをつけてしばらくすると、早速一人目の客がやってくる。

「ごめんくださいませ。もう大丈夫でしたか？」

「あ、小関（おぜき）さん。いらっしゃいませ。もちろん大丈夫ですよ」

十八時十分ぴったりに現われたのは細身の青年。月に二回ほど「なご屋」へと通ってくれている、少しだけ言葉遣いに特徴があるあやかしの常連客だ。

猫耳隠しを兼ねたバンダナを巻いたトータが、小関におしぼりを差し出す。

「おしぼりどーぞ」

「ありがとう。トータ君はいつも元気でいいですわねぇ」

褒められたことに気をよくしたトータが、へへんと鼻を擦りながら笑みを浮かべる。

「ご注文はいつものでよかったですか？」

「ええ。お酒が呑めなくて申し訳ないのですが……」

「いえいえ、お気になさらず。こうして毎月来てくださるだけでありがたいです」

諒はにこっと笑顔を見せると、冷蔵庫からはんぺい――全国的にはさつま揚げと呼ばれるものである――を取り出し、焼き台の上で軽く炙る。

その間に大皿に作り置きしておいた小松菜の胡麻和えと大根の甘酢漬けも三連の皿に取り分け、炙ったはんぺいと一緒に小関へと差し出した。

「まずはこちらからどうぞ。はんぺいは熱いのでお気を付けて」

「ありがとう。では、いただきます」

胸の前で手を合わせ、食前の挨拶をする小関。

割り箸をパチンと割ると、ふーっふーっと少し冷ましてからはんぺいを口に入れる。

「うん、今日も一段と美味しいですわ。やっぱり骨董市の前はここの食事に限りますわね」

小関は毎月二回必ず大須の街へとやってくる。大須観音の境内で開かれる骨董市に店を出すためだ。

大須観音の骨董市は毎月十八日と二十八日の二回。広い境内の中には陶磁器やガラス・金属の器を始め、古道具、古着、レトロ感満載のおもちゃ、雑貨などを扱う露店が所狭しと立ち並ぶ。毎回必ず足を運ぶという常連客も数多い。

そんな骨董市で小関が扱うのは主に古時計だ。腕時計や懐中時計、時には大きな柱時計なども展示販売する。小関が扱う古時計は状態の良いものが多く、愛好者の間では知る人ぞ知る名店のひとつとされていた。

諒は麦茶を汲むと、小関にそっと差し出す。

「暖かくなってきましたし、明日は人出が多いんじゃないですか？」

「そうだといいんですけどね。明日は縁日もあるので期待していますわ」

「そうだっ！　明日はお祭りだっ！」

月に二度目の骨董市が開かれる二十八日は「大須の縁日」も開かれる。

赤門明王殿で有名な大光院の縁日では、赤門通一帯が歩行者天国となり多くの屋台が立ち並ぶ。それ以外にも、万松寺での身代わり餅の振る舞いや、ご当地アイドルによる路上イベント、名古屋で活躍する落語家の寄席の開催など、大須の街のあちこちで催し物が行われるのだ。

桜の咲くこの時期からは、屋台を目当てにやってくる人も増え、普段から賑やかな大須の街がいっそう盛り上がる一日となっていた。

縁日のことを思い出したトータが、うずうずとしながら諒の顔をじーっと覗き込む。

「なーなー、明日の縁日のお祭り見に行っていい？」

「だーめ。店があるから、さすがに連れてくのは無理だわ」

「えー、お店ったたって夜からじゃん！　その前にちょこっと連れてってってよーっ」

トータはなおも食い下がるが、諒は首をふるふると横に振る。

「営業は夜からでも、その前にちゃんと準備したりしないとダメだろ？」

「とかいって、昼はいつも寝てばっかじゃーん」

「朝営業もあるし、昼に仮眠をとるのも準備のうち。な、今度店が休みのときに連れてったるから、明日は我慢しなさい」

「ちぇーっ」

ふてくされたトータが頬を膨らませる。

すると、小関が恐縮そうにぺこぺこと頭を下げ始めた。

「すいません、余計なことを言ってしまったみたいですわね……」

「いやいや、むしろこっちこそ気を使わせてしまって申し訳ないっす。っと、そろそろいつものヤツ、お作りしましょうか？」

先付の三品盛りが良い頃合いに減ったのを見た諒が勧めると、小関もまた「ええ、ぜひお願いします」と首を縦に振った。

諒は鍋に張っただし汁に白しょうゆとみりんを加えると、蒲鉾（かまぼこ）とネギ、刻んだ油揚げを入れてさっと一煮立ちさせる。

そして別の鍋で茹でたうどんを丼に入れると、その中に先ほどのつゆをそっと注ぎ、つゆの中で軽く炊いた具材をきれいに盛りつけた。小関が毎回注文するお気に入りの〝名古屋めし〟の完成である。

「お待たせしました。いつもの『志の田うどん』です。器が熱いのでお気を付けください」

「ありがとう。コレを待っていましたわ」

小関は受け取った器に顔を近づけると、立ち上る湯気の香りを堪能する。

削り節と昆布で取った力強い出汁の香りと、白しょうゆ特有の香ばしさを含んだ香りが鼻をくすぐる。

つゆをひと口含めば、やや甘めながらもあっさりとした上品な旨味が口いっぱいに広がる。喉を通る温かさも心地よい。うどんはしっかりと腰があり、つゆを含んだ蒲鉾や油揚げも美味しさに溢れている。大きく斜めに切られたネギにもしっかり熱が通り、甘さが存分に引き出されている。

小関はカウンターの前で背筋をぴんと伸ばしながら、もくもくと志の田うどんを堪能する。

すると、入口の扉がガラガラっと音を立てた。

「こんばんわーっ！　先輩、お邪魔しまーすっ」

「らっしゃーい。ってなんだ、伊織(いおり)か。邪魔するなら帰ってやー」

「はーい、じゃあ失礼しまー……って、それ、可愛い後輩に対してひどくないですかー？」

諒のつっけんどんな対応に、伊織と呼ばれた女性が頬を膨らませる。

彼女は千代田伊織。大須にある出版社で情報誌を担当する編集者兼ライターとして働く彼女は、この「なご屋」では珍しい普通の常連客だ。

普段はどんな客に対しても愛想良く接する諒だが、伊織に対してだけはいつもそっけない。今日もまた冷たく言葉を返す。

「可愛い後輩なら酷いかもしれないが、可愛くない後輩なら酷くもなんともないな」

「もーっ、先輩、酷いですーっ」

諒と伊織が知り合ったのは中学時代。諒が当時所属していたバスケ部のマネージャーとして彼女が入部したのがきっかけだ。とはいえ、その関係は部活の先輩後輩以上のものではなく、諒が中学を卒業してからはしばらく疎遠となっていた。

そんな伊織と諒が再会したのは、諒が「なご屋」の雇われ店主として働き始めてから間もなくのこと。最初は雑誌の取材としてこの店を訪れた伊織は、諒が店主だと知ってちょこちょこと顔を出すようになってくれていた。

伊織は先客である小関から少し間を空けてカウンター席に腰を落ち着けると、早速上目づかいで諒に話しかける。

「そうそう、今日はもう一人くるの。すっごい可愛い子なんだから！」

「へー、珍しいな。まぁ、おまえに比べりゃだいたい可愛いからなぁ……」

「もー、また酷いこといってーっ。トータ君、おねーさん、可愛いよね？」

「うん。おいらはおねえさん可愛いと思うよ！　はい、おしぼりどーぞ」

「ありがとーっ！　トータ君はちゃんと見る目あるね！　どこかの誰かさんとは大違い！」

　トータの頭を撫でながら、伊織は諒にジト目で視線を送る。しかし諒は、いちいち気にしていたらキリがないとばかりにそっぽを向いた。

　すると、再び入口が開き、一人の若い女性が少し慌てた様子で入ってくる。

「ごっめーん！　遅くなっちゃったーっ。待ったでしょ？」

「ううん、全然！　私もちょうど着いたところだし。あ、先輩！　この子、美和（みわ）ちゃんっていうの。ね、可愛いでしょー？」

「初めまして、星野（ほしの）美和ですっ！」

　屈託のない笑顔を見せながら頭を下げる美和。その透き通った高めの声からは、まるで声優やアイドルのような可愛らしさが感じられた。朱音や麻里のような妖艶な大人の美しさとは異なるものの、誰からも好かれそうな魅力に溢れている。

　確かに伊織の言う通りの可愛い子だ。諒は鼻の下が伸びないように注意しながら努めて冷静に振る舞う。

「どうも、この店の主をしています北野諒っす」

「はいはーいっ！　おいらはトータ！　この『なご屋』の可愛い可愛いアイドルでーすっ！」

諒の挨拶に続いて、手を挙げて必死にアピールするトータ。

何をマセたこと言ってるんだかと諒は鼻で笑ってしまうが、美和にはどうやらその仕草が好ましく感じられたようだ。

「そっか、君もアイドルなんだ。お姉さんと一緒だねっ」

「えっ？　美和さんもアイドルなんですか？　ってすいません、失礼しましたわ」

美和の言葉に思わず反応した小関が、慌てて口を手でふさぐ。

しかし、美和は気にした様子もなく小関を見つめながら笑顔でうんと頷いた。

「はいっ！　といっても、メイド喫茶で働いてるアイドルメイドってだけなんですけどねっ」

「へー、アイドルメイドさんですか」

彼女の容姿ならさもありなんと、諒はうんうんと頷く。

すると、なぜか伊織が自信満々に胸を張りながら、言葉を続けた。

「そうなのーっ。この間取材に行ったときに美和ちゃんと意気投合してね。今度一緒に呑もーって約束してたんだ。で、せっかくだからここに連れてきたってわけ」

「私、まだ成人したばっかかりで、こういう呑み屋さんとか来たことがなかったんです。でも、伊織さんからお話を聞いて、すっごく楽しそうだなーって。そしたら、一緒に行こうって誘ってくれたんです」

「なるほど、そういうことでしたか。それならどうぞゆっくりしていってください。お酒はいけますか？」

事情が分かり、柔和に微笑みながら声をかける諒。

美和もまたニコッと微笑みながら応える。

「はいっ。少しなら大丈夫です。でもあんまり強いお酒はまだ苦手かも……」

すると、すかさず伊織からも手が上がった。

「私はいっぱいでも大丈夫だよっ！」

「とかいって、おまえはすぐ酔い潰れるじゃねーか。今日は美和さんもいるんだからほどほどにしとけよ」

「はぁい。じゃあ、とりあえず私はハイボールで、えーっと美和ちゃんは……」

「私はえーっと……あ、梅酒をソーダ割でくださいっ」

「あいよ。そしたら少々お待ちください。トータ、おしぼり頼むなー」

「あーいっ」

二人からの注文を受けた諒が、早速酒と先付の用意を始める。

ふと、小関の手がうどんを箸でつまんだまま止まっていることに気付いた。

頬を染めながらぼーっと視線を彷徨わせる小関。いつも時間に正確で、何事にもきっちりしている彼にしては珍しい様子だ。

諒が首を傾げながら声をかける。

「小関さんどうしました？　うどん、伸びちゃいますよ？」

「あっ！　も、申し訳ない！　私としたことが……」

小関は慌てて箸を持ち直し、再びうどんを食べ始めた。

すると、今度は美和が小関に話しかける。

「そういえば、そちらのお兄さんのお名前聞いてなかったですっ。せっかくなんでお名前教えてもらってもいいですかっ？」

「へっ⁉　あっ？　わ、私ですかっ⁉」

突然の指名に小関が慌てふためいてしまう。すると丼が手から滑り落ち、ひっくり返してしまった。

「あっ！」

小関が慌てて丼を戻すものの、カウンターの上にはうどんつゆがたっぷりとこぼれてしまっている。

すると、美和がすぐさまおしぼりを掴み、溢れたつゆの上にかぶせた。

「すいません、おしぼりたくさんもらっていいですか？」

「もちろんです。トータ、片付け頼むな」

諒からの指示にトータが頷くと、急いで新しいおしぼりを取り出し、カウンターの上を片付け始めた。

美和は、今度は小関の服の確認を始める。

「大丈夫でしたかっ？　服にかかったりはしていませんかっ？」

「え、ええ……申し訳ない、私の不注意でとんだお騒がせを……」

恐縮して頭を下げる小関。しかし、美和は首を横に振る。

「いえいえ、私が声をかけるタイミングが悪かったです。ごめんなさいっ」

そう言いながら頭を下げる美和。

しかし、今度は小関がブルブルと首を横に振る。

「美和さんのせいじゃないですわ！　わ、私のうっかりが全て悪いんですわ！」

「で、でも……」

「まあまあお二方ともその辺で。それより服は本当に大丈夫っすか？　汚れたりしてませんか？」

「あっ、えーっと……ええ、大丈夫のようですわ」

「それはよかった。じゃあ、もう一つ新しいの作りますね」

トータに片付けを任せた諒は、志の田うどんを作り直す。

その間に美和が再び小関に話しかけた。

「そういえば結局お名前聞きそびれちゃってましたね。もう一度お名前をお伺いしてもいいですか？」

「あっ、は、はいっ。自分、小関っていいます。骨董商をやってますわ」

緊張しているのか、小関が汗をしきりにぬぐう。

すると今度は伊織が小関の言葉に食いついた。

「へーっ。ということは、もしかして明日の骨董市にお店を出されるんです？」

「ええ、毎回出店させていただいています」

「そうなんですね！　やっぱり高いお皿とか扱ってるんです？」

「い、いや、私はふ、古い時計を扱っています。そ、その場で修理とかもしたり……」

伊織に対しては普通に接しているのに、美和からの質問に答える小関はどこかモジモジしているように感じられる。

諒がおやっと首を傾げると、トータが小関を見上げながら声をかけた。

「あれっ？　おっちゃん、顔が赤いぜ？」

「えっ⁉　あ、あのっ？　そのっ……」

無邪気な子供の言葉に、小関がますますしどろもどろになる。

その様子に、伊織もピンと来たようだ。

「ねーねー美和ちゃん、明日はお休みって言ってたよね？」

「そうだよー？　でもどうしたの？」

「あのね、明日の骨董市の取材する予定があるんだけど、美和ちゃんも一緒に行かない？」

「あ、それ楽しそう！　せっかくなら小関さんのお店にも行ってみたいしねっ。あっ、でも、お邪魔して大丈夫ですか？」

ニコッと微笑みながら小関を見つめる美和。

見つめられた小関の顔はすっかり真っ赤に染まっていた。

「も、もちろんですっ！　な、なんならご案内も……」

「ホントですかっ！　でも、お店があるとご迷惑じゃ……？」

「いえいえっ！　どっちにしろ午後からは自分の店を閉めて、他のお店を回る予定だったんで……」

「そしたら、それに同行させてもらっていいですか？　プロの方のお話をお伺いできる機会なんてめったにないですし、勉強させてください！　ね、美和ちゃんもいろいろ聞きたいよね？」

「はいっ。小関さん、お仕事のお邪魔にならないようにちゃんと気を付けますので、お願いしますっ」

ペコンと頭を下げる美和。

小関はがちがちに声を震わせながら、手を差し出した。

「ふ、ふ、ふつつかものですが、よろしくお願いしますっ」

「ちょっと小関さん、お見合いじゃないんすから……」

謎の行動をし始めた小関に諒が思わず声をかける。

しかし、美和は気にした様子もなく、笑顔で小関の手を取った。

「はいっ、こちらこそよろしくお願いします」

美和の笑顔があまりにも眩しすぎて直視することができない小関が思わず顔をそむけると、トータが驚いた様子で小関の顔を指さした。

「あれ？　オッチャンの口、なんか付いてるよ？」

「へ？　わっ！　わわっ！」

口元に手を当てた小関が、大きな声を上げる。

その手に伝わるのは冷たく細い金属の感触。どうやらテンションが上がりすぎて仮姿が解けかけているようだ。

口元に「時計の針」がハの字を描いているのに気付き、諒も思わずアッと声を上げてしまう。

「えっ、どうかされましたかっ？」

心配そうに覗き込む美和。その後ろから、伊織も様子をうかがう。

あまりマジマジと見つめられたら危険だ。諒が慌てて小関に声をかける。

「ちょ、ちょっと口元が汚れちゃってたみたいで……、小関さん、お手洗いに鏡がありますんで」

「そ、そうですね。ではちょっと失礼します……」

口元を押さえ、カウンターの奥にある手洗いに駆け込む小関。

美和と伊織はお互いに顔を見合わせて首を傾げていた。

ここは話題を逸らさなければ。

諒は、伊織に声をかける。

「そ、それよりもさ。明日骨董市に行くんだったらトータも連れてってやってくれねーか？　どうせ縁日のほうも回るんだろ？」

「えっ！　おいら、縁日行っていいの？」

突然降ってわいたチャンスに、トータが目をキラキラとさせる。

「それくらいお安い御用ですよ。美和ちゃんもいい？」

「もちろん。トータ君、お姉さん達と一緒に行こっか？」

「うん！　おねーちゃんたち、よろしくお願いしまーすっ」

トータは元気よく手を上げると、ぺこっと頭を下げた。

はしゃぐトータに、諒がやんわり釘を刺す。

「だけど、こないだみたいにもう勝手に走っていくんじゃねーぞ？　ちゃんと伊織達と一緒にいなきゃダメだからな？」

「もー、言わなくても分かってるって！」

少し前の失敗を指摘されたトータは、頬を膨らませた。

そこに、トイレへ駆け込んでいた小関が戻ってきた。

どうやら落ち着いたようで、すっかりと普段の顔になっている。

「いやはや、失礼いたしましたわ」

「いえいえ。あっ、明日はトータ君も一緒にってことになったんですけど、よかったですか？」

「すいません、話の流れで。お願いできませんか？」

伊織に続いて諒も頭を下げる。

小関はちらっと美和に視線を送ると、ゆっくりと頷いた。

「ええ、お二方がよければ私は構いませんわ。トータ君も、明日はよろしくお願いしますわね」

「はーいっ！　オッチャンもお願いしまーすっ」

元気よく手を上げるトータ。

あやうく正体がバレそうになったがとりあえずは乗り切ったようだ。

諒は内心でほっと息をついていた。

　

「ほう、今日は一人なのか?」

翌日の夕方、夜営業に向けて諒が一人で仕込みをしていると、珍しく早い時間から朱音が顔を出した。

「ええ、今日は伊織達がトータを骨董市や縁日に連れていってくれてますんで。もうそろそろ戻ってくるはずなのですが……」

そこに、入口の扉がガラガラっと開いた。

「たっだいまーっ!」

「ちょっと遅くなっちゃいましたっ。時間大丈夫でした?」

賑やかに帰ってきたのはトータ達。噂をすれば影とはまさにこのことだ。

時間を気にする美和に、諒が笑顔で手を振る。

「全然大丈夫ですよ。トータ、とりあえず手をしっかり洗ってこや」

「はーいっ」

トータは素直に返事をすると、洗面所に駆けていく。

すると伊織が、手に提げていたビニール袋を諒へと差し出した。

「はい先輩っ、お土産(みやげ)ですっ」

「なんだ、別に気にしなくてもよかったのに。でも、ありがとな。どれどれ……お、パッカンじゃん！」

昔懐かしい菓子に諒が声を弾ませる。

パッカン、またはポンハゼと呼ばれるそれは、専用の機械で米に圧力をかけて一気に爆(は)ぜさせたものを固めて作った米菓子。大須の縁日では必ず見かける定番のお菓子だ。

「これなら日持ちもするかと思いまして。お気に召していただければ」

どうやらお土産を選んでくれたのは小関だったようだ。

その気遣いに諒が感謝を表す。

「いやー、これ昔からめっちゃ好きだったんですわ。いや、本当にありがとうございます」

すると手を洗って戻ってきたトータが、まだ興奮冷めやらぬといった様子でピョンピョンと飛び跳ねている。

「これなこれな、どっかーんって、超すごかったんだぜー！」

「ああ、アレは確かにすげえもんなぁ」

子供らしい姿を見せるトータに、諒がくすっと笑みを浮かべる。

そして続けて伊織に声をかけた。

「ところでこの後はどうするん？　うちで一杯やってくか？」

「そうしようかなーと思ってたんだけど、美和ちゃんがお店から呼び出されちゃったみたいでさー」

「そうなんです。急にお休みの子が出ちゃったみたいで……」

「で、そういうことなら私と小関さんの二人でお客さんになってこようかなって」

そう言いながら伊織がチラリと視線を送ると、その先では小関が頬を赤く染めながらモジモジとしていた。

その意図を察し、諒もまたコクリと頷く。

「了解っす。じゃあ、皆さんへのお礼はまた今度ということで。えーっと、小関さんが次に来るのは来月の骨董市になりますかね？」

「あ、いや、実はそれより前にこっちに一度来ようと思ってるんですの。そうだ、朱音さん、七日から八日にかけてまた一泊お願いできませんか？」

「ん？　そりゃ構わんが、骨董市と別日とは珍しいな」

小関の言葉に、朱音がほうと驚いた表情を見せる。骨董市以外で小関がこの大須に泊まりがけで来るというのはこれまで聞いたことがなかったからだ。

するると、伊織がにまーっと笑みを浮かべながら口を挟む。

「実はね、何と小関さんと美和ちゃん、今度デートするんですよーっ」

「へーっ。デートっすか！」

諒が驚きの声を上げるが、それには小関が慌てて首を振った。

「いやいやいやいや、デートじゃないですからっ。え、えっと、美和さんが、あの、その……」

しどろもどろになる小関。話の続きは美和にバトンタッチされた。

「実は私、来月の三輪神社の『うさぎ座』で、勤務先の仲間と一緒にアイドルメイドとしてのミニライブをさせてもらえることになったんです。で、そのお話をしたら小関さんが駆けつけてくれるって言ってくださって……」

「それなら終わった後に打ち上げしよーって話になったんだ。あ、でも、小関さん的には美和ちゃんと二人きりの打ち上げデートがよかったですかっ？」

悪戯っぽく笑みを浮かべながら、小関の顔を覗き込む伊織。

小関はピンと背筋を伸ばすとプルプルと首を振った。

「そんなそんな！　ふ、二人きりだなんて……！」

今日もまた小関の顔が真っ赤に染まる。どうやらこの手の話は不得手のようだ。あまりからかいすぎるのもよくない。諒は伊織をたしなめる。

「伊織、ちょっとはしゃぎすぎだぞ。てか、時間はいいのか？」

「あっ、いっけなーいっ！　そろそろ行かなきゃ！　じゃ、また来るねっ！」

伊織はばたばたと鞄を持つと、美和と小関を連れて店を後にした。

三人の後ろ姿に「まったねーっ！」と手を振るトータ。

扉を閉めると、朱音がいつもの指定席でふぅと息をついていた。

「うーむ、なかなかに騒々しかったの。元気があるのは良いが、聞いておるだけで少々疲れたわ」

「すいません。また今度言っておきます」

気分を害したかと思い、頭を下げる諒。

しかし、それは朱音の仕掛けた罠であったようだ。

「いやいや、元気があるのはよいことじゃから構わんよ。この程度の疲れなど酒の一杯でもやればすぐに回復する。ほれ、そこにある酒を早う持って参れ」

朱音がにやにやと厨房の片隅にある冷蔵棚を指さす。

日本酒やワインなどを保管しているその棚に置かれていたのは、新聞紙に包まれた一本の瓶。

目立たないよう奥のほうに隠してあったそれを見つけられ、諒が溜め息を吐く。

「まったく、目ざといですね。一応これも商品なんですが……」

諒はしぶしぶといった表情で新聞紙の包みを解く。

それは、地元の酒蔵が数量限定で販売している純米吟醸の無濾過生原酒。出入りの酒屋に無理を言って仕入れてもらった特別な一本だ。

普段使っているものよりひと回り細いグラスを取り出すと、瓶の封を切り、トクトクトクと注いでいく。酒精の香りと共に華やかな吟醸香がふわっと広がった。

「一杯だけですからね？」

「うむ」

念を押す諒からその酒を受け取った朱音は、グラスから立ち上る香りをしばし堪能した後、ちびりと口に付けた。

生原酒ということもあり、口当たりで感じるのは酒精の強さ。しかし、それをゆっくりと舌の上で転がすと、口の中に華やかな香りが満ち溢れていく。

名残を惜しみながら喉を通せば、その香りも儚げに消えていく。朱音はほうと息をついた。

「やはり旨いな」

しみじみと語る朱音に、諒は「そりゃ旨いでしょうに……」と内心で呟く。

しかしその言葉をグッと心の奥に呑み込むと、諒は大皿から取り分けた惣菜を朱音に差し出した。

「さて、呑んでばかりではアレなのでこちらもどうぞ」

諒が差し出したのは、先付三品。菜の花の刻みピーナツ和えに出汁をいっぱい含んだ高野豆腐、それにもろこと呼ばれる小魚の甘露煮だ。

朱音は一品ずつ箸を伸ばし、合間にグラスを傾ける。

少し苦みを伴った春の恵み、噛むほどにじゅわっと広がるやや甘めのつゆ、柔らかく炊かれた魚の香ばしさとほろ苦さ。どれをとっても酒に合う。

「これはいかんな。酒が進んでしまう」

気付けばグラスは空に。朱音が諒をじっと見据える。

「さっきのはもうダメです。いつものでいいですか？」

「構わん……いや、ここはあえてビールとしておこう。この味ならきっと合うはずだ」

朱音の言葉に頷くと、諒は慣れた手つきでビールを注いでいく。

すると、トータが唐突に諒に尋ねた。

「ねーねー、美和おねーちゃんと小関のオッチャン、結婚すんのかなぁ？」

「へっ⁉　いやいや、それはまだ早いっしょ？」

突然の言葉に、ジョッキを滑り落としそうになってしまう諒。

しかし、トータは至って真面目に話しているようだ。

「でも、すげー仲良さそうだったよ！　伊織おねーちゃんも、二人の邪魔をしちゃいけないよーって言ってたし」

「そうなのか？　まぁ、ちょっと歳の差はあるけれど、似合いっちゃ似合いなのかなぁ。あ、お待たせっす」

諒は気を取り直し、ビールジョッキを朱音に手渡す。

朱音はそれを受け取ると、口元でぐいっと傾けてから真面目な表情で諒に話しかけた。

「ふむ、そういうことか……。しかし、あまり感心せぬな」

「えっ？　どうしてっす？　お似合いなら別にいいのでは？」

朱音の思わぬ言葉に、諒が首を傾げる。

しかし、朱音は眉間にしわを寄せながらさらに言葉を続けた。

「人とあやかしというのは簡単にはゆかぬ。一時の夢ならさておき、あまり熱を上げると後から往生するのは目に見えておるわ」

「それはちょっと決めつけすぎじゃないです？　確かにあやかしと人が付き合うとなるといろいろ難しいことがあるのは分かります。でも、だからといって頭ごなしに否定するのもどうかと」

　諒が、珍しく強い調子で言い返す。

　すると朱音が、すっと目を細めた。

「若造が。分かったような口を利きおって」

「若造って……。確かに朱音さんから見たら俺なんかひよっこ同然かもしれませんけど、それでも俺なりの考えってもんがあるんです」

「それが若いとゆうておる。元来住む世界が異なる人とあやかし、そう容易く幸せになどなれぬ。お前もあんまりくちばしを入れるような真似はせぬことだ」

「いや、別に無理に付き合わせようなんて思ってませんよ。でも、せっかく友人達にいいご縁があるんだったら、多少の手助けぐらいしてもいいじゃないですか！」

「その先を見ろというのだ。現は夢のようなもの。あやかしの寿命は人のそれよりはるかに長い。残された者は悲しみを抱えて生きねばならぬのだぞ」

「だったら、朱音さんは幸せじゃなかったって言うんですか」

　瞬間、バーンと大きな音が店内に響いた。

　朱音がジョッキをカウンターに叩きつけるように置いたのだ。

　口にしてはいけない言葉に気付き、諒が頭を下げる。

「……すいません、言いすぎました」

朱音は何も答えない。ジョッキに残ったビールをひと呑みで片付けると。すくっと席を立った。

「馳走になった」

短い言葉だけを残し、朱音が店を出る。

彼岸も過ぎ、外はまだ昼の明るさを残している。

「諒兄ちゃん……？」

心配そうに声をかけるトータ。厨房の中、諒は唇を噛みしめていた。

それから十日ほど経ったものの、諒はまだもやもやとした気持ちを抱えていた。

あの日以降も朱音は朝と夜に顔を出してはくれているものの、ちゃんとした会話はできておらず、きちんと謝ることもできていない。

その微妙な空気は長屋の住人仲間や「なご屋」の常連客にも伝わってしまうようで、二人に気を使っているのがありありと伝わってきていた。

「あー、もう……」

朝営業の片付けをしながら、ついぼやいてしまう。

諒はふーっと大きく息を吐くと、二階にいるトータに声をかけた。

「おーい、買い物行くぞー」

「あーいっ！」

ドタドタドタという足音と共に、トータが勢いよく階段を駆け下りてくる。

猫耳隠しの青い野球帽をかぶれば準備万端。二人は仲良く街へと繰り出した。

諒は愛車のベンツ（ケッタマシン）に、トータも買ってもらった自転車（ケッタマシン）にまたがると、いつものルートで店を回って食材を仕入れていく。

旧中公設市場近くの魚屋で最後の買い物を済ませると、トータが裾を引っ張ってきた。

「なー、今日も桜見ていきたい！」

「んー、少しくらいなら大丈夫か。よし、寄っていくか」

「わーい！　じゃあ、先に行ってるな！」

トータは自転車から飛び降り、すぐ近くにある三輪神社へと一目散に駆け出していった。

諒は仕入れた食材が入っているクーラーボックスを荷台に置くと、チェーンでしっかり括（くく）り付けてからトータの後を追う。

交差点を曲がると、三輪神社のシンボルである三ツ輪鳥居が見えた。

その鳥居のすぐ脇で、なぜかトータが壁にぺったりとへばりついている。

境内をじーっと覗き込むトータに話しかける。

「ん、どうした？」

「しーっ、諒兄ちゃん！　隠れて隠れて！」

指を口元に立て、小声で話すトータ。

諒は首を傾けながらも、トータと同じように身を屈め、境内をそっと覗いた。

「おっと、これは……」

最初に見つけたのは玄一郎の姿。作務衣に身を包んでいるところを見ると、今日も神社の手伝いをしているようだ。

そしてその玄一郎の傍らにいたのは、何と美和であった。

玄一郎と話す美和は朗らかな笑顔を見せている。時折腕を組んだり、頬をつつきあったりと、なかなかに仲睦まじい様子だ。そんな美和に、玄一郎も頭を撫でるなど、まんざらでもない雰囲気を醸し出していた。

仲良きことは美しきかな、と言いたいところではあるが、美和が絡んでいるとなると諒は気が気でない。それはまだ幼いトータも感づいているようだ。

「ねーねー、これ、小関のオッチャンに見つかったらヤバいやつだよね？」

「そうだなぁ。とはいっても別に恋愛は自由だしなぁ……」

小関の恋路を応援したい気持ちはあるが、これればかりは如何ともしがたい。

どうしたものかと悩んでいると、後ろから一人の男性が声をかけてきた。

「おはようございます。こんな所でお会いするとは、奇遇ですわね」

その声に振り向くと、小関が頭を下げていた。何とも間が悪いことこの上ない。

諒は冷や汗を垂らしながら、境内を隠すように向き直る。

「あっ、お、小関さんっ！　おはようございます。どうしてこちらへ？」

「今日と明日で連休が取れましたので、早めに大須に来てみましたのですわ。で、こちらの神社の淡墨桜が立派だというお話を思い出しまして。まだ花が残っていればと思いながら見に来たのですが……」

「そ、そうですか……でも、ほら、随分と散ってしまっているようですから」

境内の中へ目が行かないように、諒は塀のなるべく近くの桜を指さす。

盛りを過ぎた淡墨桜は所々に青葉が出始めており、散り際の美しさがわずかに残っている程度といったところであった。

「んー、もう一週間早かったらよかったかもですね、しかし、せっかくここまで来ましたし、お参りさせていただきましょうか……」

「あ、お、小関さん……」

鳥居をくぐろうとした小関を、諒が慌てて呼び止める。

しかしその呼びかけは一歩遅かったようだ。

鳥居の前で一礼をした小関が視線を上げると、ちょうど境内の中で仲良くしている美和と玄一郎の姿が目に飛び込んできた。

思わず目をつむる諒。小関はゆっくりと後ずさりすると、ギギギッときしんだような音を立てながら振り返った。

「そ、そういうことでしたのね……。ははは……」

努めて明るくしようと振る舞う小関だが、やはりショックは隠し切れない。

諒もまた、かける言葉が見つからなかった。

するとトータが、小さな声で二人に話しかける。

「ねぇ、ここじゃ見つかっちゃうよ？」

「そ、そうだな……。うん、小関さん行きますか？」

「え、ええ。お気遣い、ありがとうございます。とりあえず私は先に用事を済ませてきますね。また夜営業でお伺いしますわ……」

最後は消え入りそうな声で呟くと、小関はふらふらと去っていった。

間が悪いとしか言いようがないが、これぱかりはどうしてやることもできない。

諒はトータの頭をポンと撫でると、魚屋の前に止めておいた自転車（ケッタマシン）へと戻っていった。

「こんばんわーっ。せんぱーい、美味しいものくださーいっ！」

その日の夕方、営業が始まった「なご屋」に伊織がやってきた。

その声の大きさに驚いたのか、トータがビクッと背中を震わせる。

諒は眉間にしわを寄せると、後輩をピシャリとたしなめた。

「ったく、もうちょっと静かに入ってこいって。他のお客さんもいるんだから」

「ごめんごめんって、あっ、小関さんもいらっしゃったんですね！　お隣いいですかっ？」

カウンターで志の田うどんをすすっている先客の存在に気付き、声をかける伊織。

小関はチラリと伊織に視線を送ると、軽く頭を下げただけで再び器に向かった。

普段から物静かな小関だが、今日は一段と反応が薄い。その暗い雰囲気は、伊織も声をかけるのをためらってしまうほどであった。

やがて志の田うどんを食べ終えた小関が、すくっと席を立つ。

「ごちそうさまでした。お会計、こちらでいいですか？」

「ええ、確かに。ありがとうございます」

「では、お先に失礼します。伊織さん、明日はよろしくお願いしますわね」

「あ、は、はいっ。こちらこそよろしくお願いします」

席を立った小関の言葉に、伊織もペコリと頭を下げる。

やはり、いつもの小関とはどこか違う。その様子が気になった伊織は、小関が店を後にしたことを確認し、諒に質問をぶつけた。

「ねぇ、小関さん、何かあったん？」

「んー、まぁちょっとな……」

答えづらい質問に、諒は曖昧に言葉を濁す。

すると、諒の代わりにとばかりにトータが伊織に答えた。

「あのねっ、小関さん、振られちゃったんだよっ」

「こらっ。お客さんのことを勝手に話したらかん！」

すぐさま諒がトータを叱る。たとえ仲の良い常連ばかりの店とはいえ、勝手に客の噂話をするのはご法度だ。

しかし、口から出た言葉は止められない。伊織が驚いた様子で聞き返してくる。

「えっ⁉ どゆこと？ だって、美和ちゃんのライブは明日だよ？ さっきも『明日はよろしく』って言ってたし……」

「あー、まぁ、今日ちょっといろいろあってな」

「いろいろって何よ！ 教えてよーっ」

「だめだめ、お客さんの話はしねーって」

「そんなこと言われても、明日は私も一緒に行くんだしー。もし深刻な話なら事情知っておきたいじゃん」

「まぁ、それはそうかもだけど、言えないもんは言えないって。トータも、いらんことしゃべるんじゃねーぞ」

伊織の気持ちも分からなくはないが、ここは飲食店の店主として守るべきところは守らねばならない。諒はトータにもきつく言いつける。

「もー、先輩のかたぶつーっ」

ぷーっと頬を膨らませる伊織。

するとそのとき、扉がガラガラっと開いた。諒が反射的に声を上げる。

「いらっしゃいませー。って、玄さん……」

騒動の種になりそうな人物の登場に、諒は思わずゴクリと息を呑む。

普段とは違う出迎えに、玄一郎もまた首を傾げた。

「ん？　なんか顔に付いているかね？」

「っと、すいません。どうぞ、あちらの席に」

慌てて諒が席へと案内するが、玄一郎は手で押し留めながら首を横に振る。

「いや、今日は客じゃないんだ。諒くんにちょっと頼みがあってな。明日は確か定休日だったよな？」

「え、ええ。確かにそうっすが……」

長屋で暮らす住人のために朝の営業は毎日行っている「なご屋」だが、夜の営業については、原則として毎週日曜日を定休日としている。

明日も日曜日ということで、夜の営業は休みの予定であった。

「それは重畳。休みのところ申し訳ないが、明日三輪神社の大黒祭の手伝いを頼まれてくれないだろうか？　自分が手伝う予定にしていたのだが、あいにくその時間帯に急に用が入ってしまってな……」

玄一郎は眉間にしわを寄せながら、頭の後ろに手を回す。

「ええ、それは構いませんが……、でも俺なんかでいいんです？」

神職としてひと通りの勉強はしてきたし、大須に戻ってくる前には他の神社で経験も積んできた。しかし、今は小さな小さな北野神社で朝のおつとめをする程度。果たして役に立てるかどうか、不安が大きい。

しかし、玄一郎は自信ありげに大きく頷く。

「ああ。祭事全体は宮司がきちんと進行するし、補助程度だから心配ない。宮司も諒くんがよければぜひお願いしたいって言ってたしな」

「へーっ、先輩、見こまれてますねーっ！　てか、神主姿の諒先輩、ちょっと、いや、かなり見てみたいかも。うーん、どんなふうなのかなぁ……」

横から口を挟んだかと思うと、伊織は天井を仰ぎ見る。どうやら想像の世界へと翼を羽ばたかせたようだ。

そんな伊織を目の端に追いやりつつ、しばし考える諒。そして、コクリと頷いた。

「分かりました。俺でよかったらお手伝いさせていただきます。祭事に出させてもらうのも勉強になりますしね。朝営業の片付けをしてからでも大丈夫っすか？」

「ああ、大黒祭は十一時半からだから三十分ぐらい前までに来てもらえると助かる」

「それくらいならお安いご用です。トータも連れてってていいっすか？」

「もちろん。引き受けてくれてありがとう、正直助かった。じゃあ、明日、よろしく頼む。そうそう、終わったらぜひ美和のライブも見ていってやってくれな」

ほっとした表情で店を出ていった玄一郎。

最後に残された言葉に、諒は思わず頬をひきつらせた。

すると二人のやりとりを見守っていた伊織が、諒に声をかける。

「玄一郎さんって、ああしてれば普通ですよねー」

「ま、まぁ、悪い人じゃないよ。ちょっと女性に対するアプローチがラテン系なだけで……」

大黒様なのにラテン系とはこれいかにと思わなくもない諒だが、その言葉は口に出さない。

一般人である伊織にあやかしの話をすることはタブー。口は災いの元であるのだ。

笑みを含んだような諒に伊織は首を傾げたものの、その話を続ける気はなかったようだ。

「ところで先輩、明日一緒にライブ見るなら、その後の打ち上げも参加しません？」

「うーん、でもトータもいるしなぁ……」

せっかくの誘いに乗りたい気持ちはあるが、トータのことを考えると素直に答えにくい。

打ち上げと称してはいるものの、実質的には美和と小関の縁をとりもつ会なのであろう。そこに小さな子供連れで押しかけるのはどうなのだろうか。

しかし、伊織の考えは違うようだ。

「トータくんなら一緒でいいですよ！　むしろ一緒に来てください！」

「えっ！　おいらも行っていいの！」

伊織の言葉に、トータがぱっと表情を明るくする。

しかし、諒は腕組みを崩さない。

「でも、ぶっちゃけ邪魔になるんじゃ？」

「大丈夫ですって。大勢のほうが話しやすいってこともあるでしょうし。私も一人だけ寂しい思いしなくて済みますしね」

確かに美和と小関が良い雰囲気になれば、伊織は一人だけ取り残される形になる。なんだかんだ言いながら、それなりに胸にくるものがありそうだ。

それに、今朝の美和の様子を考えると、小関を一人だけ参加させるのも忍びない。あまり首を突っ込むのもどうかとは思うが、一人くらい小関の味方がいたほうがいいだろう。

「うっし、じゃあ俺達も参加させてもらおうかな。ただ、祭事の片付けとか手伝わないかんだろうし、ちょっと遅れると思うけどそれでもいいならかな？」

「大丈夫です！　じゃあ、そういうことで。あ、柚子チューハイのお代わりくださーいっ！」

空いたジョッキをカウンター越しに突き出す伊織。

諒がそれを受け取ると、ガラガラガラッと入口の扉が開かれた。

いつものようにお客様を迎える諒の声が店内に響く。

「いらっしゃいませー、お好きなお席へどうぞー。トータ、おしぼり二丁よろしくー」

「なご屋」の営業はまだ始まったばかり。諒はバンダナを締め直すと、料理に取り掛かった。

翌日、三輪神社で執り行われた大黒祭の神事は滞りなく終了した。

大勢の参拝客の前での神事は久しぶりのこと。緊張のせいかいつもより所作がぎこちなくなってしまう。それでも何とか無事に役目を果たした諒は、ほっと息をついていた。

境内では、神事の後の恒例となっている「うさぎ座」が開かれている。

今日の演目は美和も参加するアイドルメイドグループによるミニライブだ。

彼女達のグループは「歌って踊って戦える」というコンセプトらしい。ロングスカートの正統派メイド服の上から胸当てや小手を身に着け、手には、剣や槍、薙刀（なぎなた）などの様々な武具が握られている。ちなみに美和は銃士（ガンナー）という設定のようで、二丁拳銃のスタイルであった。

先ほどまでは静かだった境内も、今は熱気と喧噪（けんそう）に包まれている。

歌いながら美和がクールな視線を決めると、それに呼応するように前列に陣取ったファン達から歓声が上がった。

「これは、何ともすごいですわねぇ……」

ファン達の後ろで美和の姿を見守りながら、しみじみと呟く小関。

隣にいた諒もまたその言葉にコクリと頷いた。

トータはいつの間にか最前列に陣取り、一緒になってリズムを刻んでいる。

「美和ちゃん、今日に向けてすっごい練習してたみたい。外でライブできる機会はめったにないから絶対頑張るんだって言ってたよ」

「すごく分かります。一生懸命な気持ち、伝わってきますわ」

小声で話す伊織に、小関もまた小声で答える。

美和達が三曲を披露したところでミニライブは終了。諒達が境内の片付けを手伝っていると、着替えを済ませた美和がやってきた。

「来てくれてありがとーっ！　ど、どうだった？」

「すっごーくよかったよーっ！　お疲れさま！」

駆け寄ってきた美和を抱きとめる伊織。

トータもまた、ピョンピョンと飛び跳ねながら喝采を送る。

「めっちゃかっこよかった！　また見たーい！」

「トータ君もありがとー。また次にやらせてもらえるときがあったら、ぜひ見に来てねーっ」

嬉しそうに笑顔を浮かべた美和が、トータの頭を撫でた。

諒もまた、うんうんと頷きながら声をかける。

「いやー、ほんとすごかった。練習大変だったでしょ？」

「そうですね。お仕事終わってから皆で集まってーって感じだったんで、きついときもありました。でも、やっぱり体動かしていると気持ちいいですし、今日みたいに皆さんから声援もらえたら、頑張ってよかったーって！」

熱く語る美和は満面の笑顔。本当に心から楽しんでいるようだ。

するど美和は諒の後ろに半分隠れるようにして立っている小関に気付き、声をかける。

「小関さんも、来ていただいてありがとうございましたっ。小関さんみたいな真面目な方から見ると、ちょっと驚いたんじゃないですか？」

「い、いや……、か、かわ……かっこよかった、です……」

言葉をつっかえさせながらも何とか答える小関。やはり昨日見てしまった光景が気になっているようだ。

この後の打ち上げがどうなるか諒が心配していると、トータが服の裾を引っ張ってくる。

「ねーねーっ、この後お店に行くんでしょー？　おいら、お腹すいちゃったーっ」

「あ、そうだったね！　じゃあ、皆で移動しよっか？」

「ごめん伊織、ちょっと先に行っててもらっていい？　お店まで荷物運んじゃうからさっ」

「そっか。そしたら手伝おっか？」

「ううん、グループの皆もいるから大丈夫！　諒さんも小関さんもすぐに追いかけますんで、先に行っててもらっていいですか？」

「もちろん。小関さんもいいっすよね？」

諒が声をかけると、ずっと下を向いていたままの小関も首を縦に振った。

「じゃ、また後でーっ！」

美和はペコリと頭を下げると、グループのメンバーの所へ戻っていった。

彼女を見送ってから、諒は伊織の案内で三輪神社の境内を出る。

ものの一分ほど歩いて到着したのは、諒もよく知る一軒のカフェバーだった。

「なるほど、アクアイレブンか」

「そそ、場所も近いしね。明るいうちならトータ君が一緒でも大丈夫でしょ？」

「そだな、まぁ、入るか」

諒が扉を開けると、隙間をくぐり抜けるようにしてトータが先に店へと入る。

するとトータは仁王立ちのまま店の中を見上げると、ポカンと大きく口を開けた。

「なにここ、すっげーっ！」

店内にはたくさんのポスターが貼られており、いたるところにプラモデル、フィギュア、ぬいぐるみなどが飾られている。どれも人気マンガやアニメ作品のものばかりであり、トータにとってはまるで夢の楽園のような光景だ。

目を輝かせながらぐるぐるぐると辺りを見渡しているトータの姿に頬を緩めながら、伊織が店主に声をかける。

「マスター、来たよー。後でもう一人来るけどねっ」

「はーい、いらっしゃい。どぞ、そっちのテーブルにー」

案内されたのは、予約席の札が置かれた一番広いテーブル。その一番手前の角席に陣取った諒は、奥に伊織を、隣に小関を座らせてからトータにそっと声をかけた。

「とりあえず座っとけ。あと、見るのはいいけど勝手に触っちゃダメだからな」

「分かってるよぉ。あ、おいら、オレンジジュースが飲みたい」

一瞬だけぷぅと頬を膨らませたトータだったが、すぐさま屈託のない笑顔でドリンクをリクエストする。

「オレンジな。皆はどうする？」

「私はビールかなぁ。小関さんはどうされます？」

「そ、そうしたら、ジンジャーエールで」

「ビールとジンジャーエールね。じゃあ俺はいつものにしようかな。マスター、聞こえてたー？」

「はいよーっ。諒さんはいつもので？」

「そそ、今日のハイボールを一つ。あと、おつまみの三種セットを二つもらってい
い？」

「かしこまりーっ。では、少々お待ちをー」

マスターは注文を伝票に書きとめると、テキパキと動き始めた。

この店は大須のサブカルチャー文化の一角を担うコンセプトカフェバーなのだが、実は酒の種類も本格的である。特にウィスキーをはじめとしたスピリッツ系については名古屋でも屈指の品揃えであり、諒も店が休みのときには「酒の勉強のため」と称してこの店にちょこちょこ足を運んでいた。

ほどなくしてドリンクが運ばれてくると、伊織がここぞとばかりに声を上げた。

「まぁ、本番は美和ちゃんが来てからってことで。とりあえず乾杯の練習ね。かんぱーいっ！」

「かんぱーいっ！」

伊織を真似てコップを高々と掲げるトータ。

諒と小関もそれぞれグラスを持ち上げると、互いにコンと軽くぶつけ合わせた。

グラスを傾けると、炭酸がシュワッと口の中ではじける。そしてスモーキーな香

りが一気に押し寄せてきた。

「今日のこれは……ラフロイグっすか？」

「ご名答。今日はラフロイグのハイボールです」

「へー、ちょっと味見していい？」

その組み合わせに興味をもったらしく、伊織が諒のグラスに手を伸ばしてくる。

「だめーっ、と言いたいところだが、仕方ないな。ほれ、ありがたく呑むがいい」

「もーっ、先輩すぐ上から目線なんですから！　じゃあ、いっただきまーす」

伊織は渡されたグラスをくいっと傾けると、やがて上を向いたままぷはーっと息をついた。

「おいしーっ！　煙たいかと思ったけど、全然嫌じゃないね！　私も次はこれにしようかなぁー」

「ねーねー、お酒ってそんなにうめーのっ？」

あまりに美味しそうに呑む伊織の様子が気になったのか、トータがじーっとグラスを見つめる。

その姿に自分の子供の頃を重ね合わせながら、笑顔の諒がやんわりと釘を刺す。

「まぁ、大人の味だな。トータにゃまだ早い」

「そうね、あと十年くらいかなー？　お酒が呑める歳になったら私がご馳走してあげるね」

「十年かぁー。でも、その頃には、伊織おねーちゃんもおばちゃんになっちゃってるんじゃない？」

「あー、言ったなー？　そういうトータ君も、あっという間にオジサンになっちゃうんだよー」

ウリウリと頬をつつく伊織。どうやらこの二人は気が合うようだ。

すると、一人静かにジンジャーエールを飲んでいた小関がはぁと溜め息を吐いた。

「美和さん、来てくれるでしょうか……。いや、やっぱり来てもらわないほうが……」

「ん？　どしたの？　心配しなくても美和ちゃんはちゃんと約束守る子だよ？」

小関の言葉に伊織がきょとんと目を丸くする。

「で、でも、美和さんって、いい人がいらっしゃるんですよね？」

「えーっ？　何それ初耳なんだけど？」

驚いた伊織の目がますます丸くなる。

やっぱこうなるか……、諒はポリポリと頭を掻きながら伊織に説明を始めた。

「実はさ、昨日三輪神社で見ちまったんだよ」

「見たって？」

「あのな、伊織おねーちゃんと玄一郎のオッチャン、すげー仲良しだったんだよっ」

トータもまた昨日見た光景を口にする。

「ちょ、ちょっと待って、よりによって玄さん？　いや、ないわー。確かにあの子は年上好きみたいだけど、ああいう軽いノリの人は絶対好みのタイプじゃないって。何かの見間違いじゃない？」

「で、でも確かにこの目で見ましたし……。諒さん、そうですわよね？」

沈んだ声で話す小関にはかわいそうだが、その言葉には頷かざるを得ない。なぜなら諒自身も仲睦まじくする二人の姿を目の当たりにしたからだ。

トータも、いつの間にか注文していたお菓子を口いっぱいに頬張りながら首をコクコクと縦に振っている。

「うーん、ちょっと私には信じられないけどなぁ……。でもさ、うん、それならそうで、しっかりアピールして奪っちゃわないとね！」

「ええっ！　そ、そんな自分には……」

伊織から飛び出た思いがけない言葉に、小関が顔をのけぞらせる。

「だってそうでしょ？　恋愛なんて自由なんだからたとえライバルがいたとしても自分に振り向かせればいいだけ。だいたい、美和ちゃんに彼氏がいないってのは間違いない話よ？　仮にもし二人が仲良くしてたとしても、まだ付き合ってるとかそういうことじゃないはずだし、仮に付き合ってたって奪っちゃえばいいのよ！」

伊織はひと息でまくしたてると、ビアジョッキを傾けてゴクゴクゴクと喉を鳴らす。

あっけにとられて目を点にする小関に、さらにびしっと言葉をぶつける。

「私から見ても、小関さんは優しくてすごくいい人だと思う。でもね、遠慮するのと優しいのは違うと思う。本当に美和ちゃんのことを思ってるんだったら、傷つくことを怖がらず、素の自分のままでぶつかっていかなきゃ、ね？」

最後はくすっと微笑みながら語る伊織。

小関もいつしか真剣な表情だ。

「素の自分……」

「そそ。嫌われないように取り繕ったって、もし本当に付き合うってことになったらどうせバレるんだからさ。本当の自分をさらけ出してぶつかっていくのがいいと思うよ。って、何熱く語っちゃってるんだろ？　年上の人にごめんなさいねっ」

伊織は火照った頬を手でパタパタと扇ぎ、再びビアジョッキを傾ける。

諒もまた、伊織の言葉にウンウンと頷いていた。

「まぁ、色恋の話はなるようにしかならないからなぁ。自分も応援はできても、手助けはできないっすからね。美和さんを射止めることができるかどうかは、小関さんの頑張り次第っすよ」

「そ、そうですわね……」

「オッチャン、頑張れよーっ！」

トータのエールに、力強く頷く小関。

するとそのとき、店の扉が開いた。

「ごめーん、思ったより片付け手間取っちゃって。あ、もう一人一緒なんだけど大丈夫？」

走って来たのか、美和は肩を上下に揺らしている。息も少し上がっているようだ。

「大丈夫だよーっ！　どうぞどうぞーってええっ⁉」

すぐさまOKサインを出して、手招きをする伊織。しかし、美和に続いて入ってきた人物を見るやいなや、その手が止まってしまった。

諒もトータも、そして小関もまた同じように固まってしまう。

美和が手を引いて連れてきたのは、まさに噂の対象としていた玄一郎本人であったからだ。

「何とか早めにこっちに戻れてな。諒、今日は手伝いありがとう」

爽やかな笑顔で白い歯を輝かせる玄一郎。

どう言葉を返してよいものか、迷いながら曖昧に笑みを返す。

「え、ええ。お役にたったのなら……」

何とか言葉を絞り出した諒がちらりと横を見ると、案の定小関は固まったままであった。よほどショックだったに違いない。

諒は自分と小関の間にトータを座らせると、先ほどまでトータが座っていたお誕生日席に玄一郎の席を確保する。美和は伊織の隣の席、ちょうど小関の正面に腰を落ち着けた。

追加注文した飲み物が届くと、美和がすっと立ち上がる。

「改めて今日は本当にありがとうございましたっ！　じゃあ、かんぱーーいっ！」

美和の音頭に合わせ、全員がそれぞれにグラスを掲げる。

互いにグラスを交わし合うが、小関はどうにも遠慮がちだ。

そして全員が飲み物に口を付けると、最初に口を開いたのは玄一郎であった。

「どうだ、美和のライブはすごかっただろう？」

「え、ええ。ああいうライブは初めて見ましたけど、ホントすごかったです」

呼び方が若干気になりつつも、諒は冷静に答える。

「アクション半端なかったよね。ね、小関さんもそう思うでしょ？」

「そ、そうですね……びっくりしました……」

伊織に水を向けられた小関だが、小さくモジモジとしてしまう。

先ほど奮い立たせた勇気も、すっかりどこかへ行ってしまったようだ。

しかし小関から送られた賞賛の言葉に、美和は眩しい笑顔を見せる。

「ありがとうございますっ！　いっぱい練習頑張った甲斐がありましたっ」

すると今度は、トータが話に入ってくる。

「ねーねー。おいらも練習したらあんなカッコよくできる？」

「できるよっ。お姉さんでできるんだもん。トータ君も一生懸命練習したらきっとできるようになるよっ」

「よーしっ！　そしたらおいら、いっぱい練習してカッコいいアイドルになる！」

「おいおい、アイドルって女の子になるつもりか？」

思わず突っ込みを入れる諒。

しかし、それに対して伊織が冷静に指摘を入れる。

「えっ？　でも男性アイドルも普通にいっぱいいますよね？」

「あ、そっか」

言われてみれば確かにそうだ。諒はポリポリと頭を掻く。

すると、美和が何かひらめいたようだ。

「武将隊ならぬ、大須近衛隊とかいってユニット組んだら面白そうじゃないです？

センターはビシッと決めた王子姿のトータ君で、神主姿の諒さんがトータ君を守る守護者、いつもクールな小関さんは時計を手に正確に狙い撃つスナイパーみたいな感じで！」

「おいおい、随分盛りだくさんだな。ところで、その場合、俺の役どころはどうなるんだ？」

当然自分も入るだろうと、玄一郎は自信満々で自分の胸を指さす。

しかし、その言葉に美和が眉をひそめた。

「うーん、玄兄ちゃん入れたら女性トラブル起こしそうだもーん。誰彼構わず女性を口説くような人は、アイドルグループに入れませーん」

「えっ⁉　ちょ、ちょっと待って？　玄兄ちゃんって？」

美和の口から飛び出た玄一郎の呼び方に、伊織が慌てて口を挟む。

しかし美和が、何のことかと首を傾げ、きょとんとしていた。

「あれ？　言ってなかったっけ。玄兄ちゃんは、私のお母さんの従弟だから……えーっと、何ていうんだっけ？　おじさんでいいのかな？」

「従叔父（いとこおじ）というやつだな。まぁ、遠縁の親戚関係ということだ」

玄一郎はそう言葉を続けると、意味ありげに諒にウィンクをした。

ひとの世で生きるあやかし、特に神や仏の化身の場合は何となく「縁者の親類」という位置づけで暮らしていることも多い。どうやら玄一郎もそれに当てはまるようだ。

玄一郎の話によると、美和とは遠縁ながらも小さい頃から面識があり、歳の離れた兄妹のような関係らしい。

「美和は小さい頃から可愛くてなぁ。本家の集まりとかで顔を合わせると、いつも『玄兄ちゃーん』って寄ってきてくれてたものだ。そうそう、あれはまだ三歳の頃……」

「もーっ、小さい頃の話はやめてー。恥ずかしいよーっ」

美和が顔を赤く染めながら玄一郎の口をふさぐ。確かに言われてみれば恋人同士よりも兄妹がじゃれ合っているといったほうがしっくりと来るかもしれない。

そしてその事実は、小関にとって何よりの朗報であった。

「じゃあ、お二人が付き合ってるというわけでは……」

「えーっ！ そんなふうに思ってたんですーっ？ 玄兄ちゃんとは確かに仲いいですけど、全然そんな気持ちはないですよー。というか、玄兄ちゃんみたいな軽い人は恋人にしたくないですしー」

「ちょっ。美和、そこまで言うことはないんじゃないか？ 俺としては、世の中の全ての女性を平等に愛したいわけで……」

「それが間違ってるっていうんですー。私は一途になってくれる人のほうがいいの。

ね、伊織もそう思うでしょー？」

「そうだよねぇ。やっぱり自分のことしっかり見てくれるって人がいいかなぁ」

不意に話題を振られたせいか、伊織は真面目に答えを返す。

その忌憚のない言葉は、玄一郎の胸にさくっと刺さったようだ。

「む、むぅ。これは随分手厳しい……」

女性陣にやりこめられた玄一郎は、がっくりと肩を落とす。

すると、そのやりとりを静かに聞いていた小関が、すくっと席を立ち上がった。

「お？　小関さんどうしました？」

「あ、あの、その……す、すいません、お手洗いに」

「おっと、どうぞどうぞ。ほら、トータもこっちに」

「お手洗いならあっちの通路の先ですよー」

場所を案内する伊織の言葉に、小関がぺこりと頭を下げ、手洗いへと向かった。

雑談していた諒達だが、不意に通路へと視線を送った伊織と美和が突然大きな声を上げた。

「えーっ⁉　ど、どうしちゃったんです？」

「お、小関さん……なんですよね⁉」

その言葉に諒がばっと振り向く。そして、驚きのあまり大きく目を見開いた。

なぜなら、手洗いから戻ってきた小関が本来の姿を晒していたからだ。

首から下は先ほどまでと変わらぬ姿。しかし、その頭部は四角い大きな時計となっていた。

時計の付喪神たる小関の本来の姿を見るのは諒にとっても初めてであったが、普通の人間からしたら、その姿はまさに異形と言えるであろう。

ひとの世で暮らすあやかしにとって、その存在を知られるのはご法度中のご法度。トータや玄一郎だけならまだしも、伊織や美和はあやかしのことを知らない一般人だ。諒が慌てて取り繕う。

「お、小関さん、どうしたんですか？　突然コスプレなんてしちゃって……」

「あ、コスプレなんですね。もー、小関さん、びっくりさせないでくださいよーっ」

諒の言葉に事情を呑み込んだ伊織がほっと胸を撫でおろした。

しかし小関にはその言葉も届いていないようだ。すたすたと美和へ歩み寄ると、床に片膝をつく。

「こんな姿でごめんなさい。これじゃないと勇気が出なくて……。あのっ、わ、私っ、この間お会いしたときに美和さんに一目ぼれしちゃいましたわ！　もしよかったら、私と付き合ってください！」

小関はそう言うと、いつの間にか手にしていた一輪の赤いバラを美和へと差し出した。

無機質な時計の顔から彼の気持ちを読み取るのは難しい。しかし、諒の耳には彼の胸の鼓動——あるいは歯車が時を刻む音かもしれない——が聞こえてくるようであった。

その場の全員が息を呑み、美和の答えをじっと待つ。

すると美和は、目をつむって頭を下げた。

「ごめんなさい。今はアイドルメイドの活動をもっと頑張ろうと思ってるんです。だから誰かとお付き合いするとかはちょっと……」

「そ、そうですか……」

がっくりと肩を落とし、うなだれる小関。

しかし、美和はバラを手にする小関の手をそっと握ると、目を細めて微笑んだ。

「でも、お気持ちはとっても嬉しかったです。それと、小関さんとはまだ出会ったばかりですから、これから自分の気持ちがどう動くか分かりません。だから、まずは友達から始めませんか？」

「あ、は、はいっ！　もちろんですっ！　喜んで！」

小関はバッと顔を上げると、何度も何度も首を縦に振る。

二人の成り行きを見守っていた伊織も、目を潤ませながらウンウンと頷いた。

「それがいいんじゃない？　先のことなんて分かんないしね。ね、諒先輩？」

その意味深な視線に、諒は思わずそっぽを向く。

すると今度は、トータが元気よく手を上げた。

「おいらも皆と友達になりたーいっ！」

「もちろんだよっ。トータ君もよろしくねっ」

そう言いながら美和がそっと手を差し出す。その上にトータが手を重ねると、伊織に玄一郎、小関、そして諒が順番に重ねていった。

「これで皆友達だねっ！」

満足げに笑みを浮かべるトータの言葉に、残る五人もうんと力強く頷いた。

すると今度は、玄一郎が小関の手を握ってくる。

「これから美和が世話になりそうだが、くれぐれもよろしく頼むな」

「ひっ、は、はいっ！」

鋭い眼差しと共に力一杯手を握りしめられた小関の声は、笑顔と同じくひきつっていた。

諒が自宅へと戻ってきたのは、日が暮れて薄暗くなった頃であった。その背中では、疲れて眠ってしまったトータがすやすやと寝息を立てている。

扉を開けると、カウンター奥の指定席に朱音の姿があった。

「ただいまっす。ちょいと遅くなりました」

「何、今日は休みだ。構わんぞ」

朱音はそう言うと、手元の一升瓶から日本酒を直接グラスに注ぐ。

構うのはこっちのほうだと思いつつも、戻りが遅くなった手前言い出しにくい。

諒は何気ない素振りで朱音に声をかける。

「トータを寝かせたらすぐ戻ってきますね」

こくり、と無言で首肯する朱音の後ろを抜け、諒は階段を上がっていく。

そしてトータをそっとベッドに寝かせると、再び一階へと戻ってきた。

「何かつまみでも作りましょうか？」

「任せる。軽いもので十分じゃ」

「分かりました。じゃあ、ちゃっと作っちゃいますね」

キッチンに入った諒は、冷蔵庫の中から油揚げとネギを取り出す。

慣れた手つきでネギを細かく刻むと、チューブ入りの味噌ダレと和えてから袋状に開いた油揚げの中に詰め込んでいく。

そしてそれをオーブントースターに入れると、タイマーをぐるっと回した。

「そういえば、結局は落ち着く所に落ち着きました」

油揚げが焼けるのを待つ間に、諒は今日一日の出来事を簡単に朱音に話す。

朱音は何度か頷きながら無言で聞くと、諒が話し終えたところでゆっくりと口を開いた。

「まぁ、それならばよかろ。周りが無理に力を加えずとも、天命であれば自然と二人の仲も近づいていくじゃろうて。そうでなければ、起きる全てを乗り越えることなど到底できぬからな」

朱音はしみじみと語りながら、グラスをくいっと傾ける。

今日の諒には、その言葉をすんなりと受け入れることができた。

「そうですね……。ちょっと焦りすぎていました」

「分かればよい。さて、そろそろ良い香りがしてきたのじゃが……」

この話は打ち切りとばかりに、くんくんと鼻を鳴らす朱音。

トースターからは香ばしい香りが漂ってきていた。

赤い光に包まれたトースターの中を、諒がそっと覗き込む。

「うーん、もう少しですね……」

あと少し焦げ目を付けたいと、諒はタイマーを少しだけ追加する。

するとそと外からバタバタバタバタっと強い雨音が聞こえてきた。

「おっと、急に曇ってきたと思ったら……」

夏の日の夕立のような強い雨。この時期にしては珍しい降り方だ。

朱音は一瞬だけ扉へと視線を送ると、再びグラスを傾ける。

そのとき、ピカッと窓が白い光に包まれた。

「っ！」

季節外れの雷光に朱音が声を上げ、体を強張らせる。

カウンターの上のグラスが倒れ、中の日本酒が溢れ出す。

「朱音さん、大丈夫ですか？」

諒は急いでカウンター側へ回り込んで、溢れた酒を拭く。

「す、すまぬ。私としたことが……。ぐっ！」

再び稲光が光り、朱音が諒の腕をぎゅっと掴む。普段の飄々とした振る舞いからは想像できない姿だ。

「雷は……、雷は……」

「大丈夫です、大丈夫ですから……」

ガタガタと体を震わせる朱音の手に、諒がそっと自分の手を重ね合わせる。

三年前。天から降り注いだ一筋の雷が、朱音から最も大切なものを奪い去った。

その悲しい記憶は朱音の胸の奥に刺さる棘となり、今もなお抜けていない。門番としてひとの世で暮らさなければならない朱音にとって、それは酷く重たい枷であった。

そしてその枷は諒にも重くのし掛かる。憧れであり、理想であり、そして何より最大の壁となるはずであった人と対峙する機会を、永遠に失ってしまったのだから。

地面を叩きつける雨音が激しさを増す中、諒はギュッと唇を噛みしめながら、窓の外を睨みつけていた。

「よいせっ。これで片付け完了っと」

諒が掛け声と共に、洗い場で磨いていた大きな釜を作業台の上にひっくり返した。

いつも通り朝営業を無事に終えて、諒がうーんと背筋を伸ばす。

すると、カウンターに座ってマンガを読み漁っていたトータが待っていましたとばかりに声を上げた。

「今日は休みでしょ？　遊びに行こー！　どっか連れてってってー！」

「うーん、とはいってもこの天気じゃなぁ……」

つい眉をハの字にしてしまう諒。

窓の外では、シトシトと絶え間なく雨が降り注いでいる。

トータの気持ちはよく分かるが、雨の中出かけるとなればなかなか億劫（おっくう）なもの。

しかし、元気いっぱいのトータは少々天気が悪くても関係ないようだ。

口をとがらせ、頬を膨らませる。

「えー、先週もそう言って家でゴロゴロしてたじゃーん」

「そんなこと言ってもなぁ、多少は体を休めたいんだぜ？」

まだ若いとはいえ、一週間働きづめともなればそれなりに疲労もたまる。

正直休みの日はゆっくり過ごしたいというのが本音だ。

「はぁーっ、いっつもそればっかり！　つまんねーっ！」

「んなこと言ってもよぉ。サクマと遊んでこればいいじゃん」

「いーやーだーっ！　サクマとはいつでも遊べるけど、休みの日じゃなきゃ諒兄ちゃんと一緒に遊びにいけないじゃん」

地団駄を踏むトータに溜め息を吐く諒に、カウンターの奥の指定席で朝から升酒をチビリチビリとやっていた朱音が口を挟んだ。

「疲れておるのは分かるが、たまには付き合うてやるがよい」

「ほらーっ！　朱音さんもそう言ってんじゃん」

心強い援軍に、トータが胸を張る。一方の諒はぐっと苦い表情だ。

「そ、それは分かるんっすが……」

反論を試みる諒だったが、途中でトータが割り込んでくる。

「そしたら朱音さんも一緒に遊びに行こーぜ！　ねー、いいでしょー？」

「ふむ……、確かにそれも一興じゃな。そうなれば、昼飯でも食いに行きがてら三人で出かけるというのはどうじゃろう？」

「えっ？　ま、マジっすか？」

外出の誘いにあっさり応じた朱音に、諒が思わず聞き返す。その言葉は、普段の朱音からは考えられない。

　朱音があやかし長屋の外に出かけることは少ない。

大家であり「門番」である自分がふらふらと出かけていては、あやかし達の不測の事態に対処ができないので已（や）むなく外出を控えているというのが彼女の主張。しかし、普段から用件があるときでも他の者——主に諒であるが——に託そうとする様子を見る限り、単なる出不精という線が濃厚である。

　ただし、諒が「なご屋（自宅）」から出かけており、かつ「旨い酒が呑みたくなった」ときだけはこの限りではない。一人でふらりと街へと出かけ、昼間から一杯傾けている姿はよく目撃されている。

　そんな朱音が、一人呑み以外で前向きに街に出ようとするというのは、極めて異例なこと。少なくとも、諒が一年半前にこの長屋に戻ってきてからは記憶にないものだ。

　諒は首をひねりながら何度も窓の外を覗き見る。

「なんじゃ？　外がどうかしたのか？」

「いや、この後雪になるんじゃないかって……」

「なるほど、今日は諒がたんまりと馳走してくれるというわけか……」

「さ、さーせん！　勘弁してくださいっす！」

冷たい目で睨まれ、諒が慌てて頭を下げる。

懐が決して暖かくはない諒にとって、三人分の昼食はかなりの痛手になる。素直に謝って朱音の相伴に与からないと正直きつい。

朱音はやれやれといった様子で息をつくと、トータに話しかけた。

「ということじゃ。いつもの近場にはなるがそれでも構わぬか？」

「うん！　じゃあ、おいら準備してくる！」

トータはカウンターから飛び降り、トタトタと階段を駆け上っていった。

諒もまたバンダナとエプロンを外しながら頭を下げる。

「ありがとうございます。でも、ホントに珍しいですね。どういう風の吹き回しです？」

「何でもない。ただの気まぐれじゃ。しかし、どこに行こうかのう？　何か面白い所はあるか？」

「そうですねぇ……」

諒はスマホを取り出し、大須の情報を検索する。

しかしピンと来るようなものは見つからなかったようだ。うーんと唸りながら、頭をポリポリと掻く。

「今日は特に何にもやってなさそうっす。縁日も終わったばかりですし、夏祭りも近いんで、ちょっとは休まないとってところですねー。この時期はしゃーないっすわ」

「そうか。それなら適当に散歩でもするかの。何もやっておらんでも、大須の街なら退屈はせぬじゃろう」

朱音の言葉に諒が首肯する。平常運転でも退屈しないだけの魅力が大須にはあるのだ。

するとと階段からトタトタトタと走り降りてくる足音が聞こえてきた。

お気に入りの野球帽をかぶったトータが満面の笑みを見せる。

「準備できた！」

「よっしゃ。そしたら早速行くか。朱音さんもいいっすか？」

朱音はコクリと頷くと、升に残っていた酒をくいっとひと息で呑み干した。

「ふーっ、腹いっぱーい！」

「こら、先にご馳走様って言わなきゃいかんだろ？　いや、本当にご馳走になりました」

諒が深々と朱音にペコリと頭を下げる。

最初に百円ショップへ立ち寄りつつ向かった先は、仁王門通にある老舗のうなぎ屋。「たまにはいいだろう」と、諒とトータの二人に朱音がひつまぶしを振る舞ってくれたのだ。

「久しぶりの鰻じゃが、やはり旨いな。土用には少々早いが、まあよいじゃろうて」

「いやいや、十分すぎますって。しかし、ホントにご馳走になってよかったんです?」

「構わぬよ。たまにはオーナーらしく従業員の労をねぎらわぬとな」

諒の心配をよそに、これくらいのことは何でもないと朱音がさらりと応える。

するると、元気いっぱいのトータが諒の裾を引っ張ってきた。

「ねーねー、次はどこ行く?」

「そうだなぁ。ま、とりあえずアーケードの中でもぐるっと見て回るか。ほら、人多いから手はちゃんと繋いどりゃーな」

「はーい」

元気よく返事したトータが、待ち切れないとばかりに諒の手を引っ張っていく。

梅雨空にもかかわらず、大須商店街は普段と変わらず多くの人で賑わっていた。

本町通を渡って東仁王門通に入ると、そこは大須の中でもひときわ〝ごった煮〟な空間。グラム単位の量り売りで値段が決まる古着屋があったかと思うと、そのはす向かいには「愛」「爆笑」「明日から本気出す」などとデカデカと書かれたプリントTシャツが所狭しと並んでいる。

さらにその先はインターナショナルな香り漂うグルメゾーン。世界一のピッツァ職人がいるという店の前にはいつものように大行列ができており、その向かいのトルコ料理店では妙齢のカップルがテラス席で水たばこを嗜んでいる。

その一角にある中東・アジア系食材の専門店では、諒が店で使えそうな食材をチェック。トータは大須名物の「鶏の丸焼き」のグリルに目が釘付けになっているし、朱音もまた雑貨や古着を扱う店を中心にウィンドウショッピングを楽しんでいる。

こうしていろいろと店を見て回りながら進んでいくと、進行方向から賑やかな声が聞こえてきた。

「お、今日も何かやってるんかな？」

その歓声に目を向けてみると、東仁王門通の東端にある通称「招き猫」の広場にたくさんの人が集まっていた。

どうやら今日は大道芸が行われているようだ。トータが目を輝かせながら走り出

「す。

「おいら、行ってくるーっ」

「あっ！」

後ろから捕まえに入った諒の手は一歩及ばず。トータは大人達の足元を器用にするするとくぐり抜け、三角座りで最前列を陣取った。

「ったく……、いっつも人の話を聞かないんすから……」

諒は思わず愚痴をこぼすものの、朱音はあまり気にしていないようだ。

「まぁ、そこにいるのは分かっておるのだから大目に見てやれ。好奇心旺盛なのは何よりなことじゃ」

朱音はそう言うと、諒の後ろについてパフォーマンスを見守る。

今日の大道芸はどうやら大道芸の定番中の定番、ジャグリングらしい。

筒の上に乗せた板の上に大道芸人が乗ると、ボールを三つ四つとお手玉していく。

技が決まるたびに、観客が歓声を上げげた。

最前列のトータもそれを見ながら一生懸命拍手を送る。

「随分と元気になりましたねぇ。最初はどうなるかと思いましたが……」

はしゃぐトータの姿を、目を細めながら見守る諒。

朱音もコクリと首肯した。

「そうじゃな。最近は勉強も頑張っておるし、秋ぐらいにはもう一度『門』をくぐらせられるかもしれぬの」

「えっ？」

その言葉に、諒が驚きの声を上げる。

「門」をくぐらせるということは、トータを正式に、ひとの世で暮らすあやかしとして迎え入れることを意味していた。

あの冬の寒い日に出会ってから諒と共に暮らしてきたトータだが、これはあくまでも緊急措置としてのもの。門番である朱音の庇護（ひご）の下にあるので「外道者」とはされていないものの、ひとの世で暮らすあやかしの一員としては認められていない。

この先もひとの世で暮らすのであれば正規の手続き、すなわち「門」をくぐってこちらへと戻ってくる必要があった。

あやかし長屋における半年あまりの生活の中で、トータは着実にひとの世で暮らすための知識や社会性を少しずつ身に付けている。それに、少し前からは諒が仮眠を取っている日中に朱音の下で勉強もするようになっていた。

特にお気に入りなのは歴史や科学的な話題について解説した「学習まんが」で、隅から隅まで読み漁っているらしい。

もともと好奇心や知識欲が強いということも相まって、トータはみるみるうちに学力をつけているとのことであった。もう少しすれば学力も見た目の年齢に追いつく見込みとのことで、そうなれば普通のやんちゃな男の子と何ら変わりがなくなる。

「『門』をくぐれば人間としての戸籍も用意してやることができるし、学校も通えるようになる。霊力もしっかり回復しておるようじゃし、そろそろ良い時期だと思うがの」

確かに朱音の言うことはもっともであるし、諒自身もそうなれば嬉しいと思う。

しかし、それでも気がかりなことはある。

「でも、学校とか通わせて大丈夫っすかね？　ほら、トータは耳が……」

諒の気がかり、それは「学校でトータがあやかしであるということがバレてしまい、騒ぎになってしまう」ということであった。

霊力は着実に回復していたトータだが、仮姿となる際にどうしても頭の猫耳を隠すことができない。朱音や長屋の住人達にも教わっているようだが、なぜだか上手くいかないらしい。「尻尾隠して猫耳隠さず」なのだ。

それを隠すため、外出するときには野球帽をかぶり、また「なご屋」の手伝いをするときにはバンダナを巻くことで、目立つ猫耳を隠さなければならなかった。

「学校に通ったとしても、教室では帽子を脱がなきゃいけないっすよね。街中を歩いているときのように『コスプレ』ではとてもごまかせないっすし……」

トータのためを思うと、堂々と暮らせる状態になって、学校にも通えるようになってほしいとは思う。しかし、この問題が解決しない限り、「門」をくぐったとて日陰の生活が続いてしまうのではないだろうか。

するとと朱音は、大道芸からは目を逸らさずに、言葉を返す。

「何、それしきのことなら何とでもなる。いざとなれば妾の霊力で耳を見えなくすることもできるしの。何も明日すぐにという話でもないのでな。『門』を開く盆の頃までに考えればよいじゃろう」

「確かに、それもそうですね。おっ、すげーっ！」

いつの間にか大きな玉の上に立っていた大道芸人が、傘の上でくるくると三つの升を回し始める。今日一番の大技に、観客から一斉に歓声が上がった。

大道芸人が地上に降り立つと、さらに大きな歓声が「招き猫」の前を包む。

やがて集まっていた人がゆっくりと移動を始めた。トータも二人の元へ帰ってくる。

「すごかったー！　諒兄ちゃんも、朱音さんも見てたー？」

「ああ、見てた見てた。よし、コイツをあそこの缶の中にあげてきな」

諒は財布から取り出した五百円玉をトータに渡すと、「投げ銭」と貼られた大きな缶の中に入れさせる。大道芸人と握手してもらったトータは満面の笑みを浮かべていた。

その後三人は、再び商店街の中を歩き始める。

左に曲がって新天地通に入ると、ますます多くの人でごった返していた。

新しくなった万松寺の境内に差し掛かると、ちょうど信長のからくり人形が「人間五十年～」と舞を舞っているところであった。三人はそれをしばらく見物すると、今度は近くのゲームセンターでクレーンゲームに興じる。俄然やる気を発揮した諒が人気ゲームのキャラクターのぬいぐるみを獲ると、トータはホクホクの笑顔となった。

ゲームセンターから外に出ると、今度は唐揚げの良い匂いが漂ってくる。ちょうど小腹が空いてきたところでもあったので、今度は諒が朱音とトータに唐揚げをご馳走することにした。

「うーん、どれにしようかなぁ……」

メニューの看板を見ながらうーんと悩むトータ。すると、あるひとつのメニューに目を留め、にまーっと笑みを浮かべた。

「おいら、これにする！」

「おお、それにいくんか。なかなかチャレンジャーだなぁ」

トータが選んだのは「小倉クリーム唐揚げ」というメニュー。唐揚げに生クリームと小倉あんをのせたものだ。

噂には聞いていたものの、実物を見るのは初めて。以前から気にはなっていたメニューだけに、諒も興をそそられる。

「よし、俺もそれにするか。朱音さんはどうします？　一緒にいきます？」

「いや、妾は遠慮しておく。やはりここは味噌が良いな」

朱音は苦い表情で首を振ると、かつて「新なごやめし総選挙」でグランプリを受賞したという看板商品を選んだ。

「三番の番号札でお待ちの方、お待たせしましたー」

番号を呼ばれた諒が商品を受け取ると、思わず変な笑みがこぼれてしまう。

「おおう、これは思ったよりごっついな……」

カップに入った唐揚げには、たっぷりの生クリームと名古屋人が愛してやまない小倉あん。そしてご丁寧に凍らせたイチゴまでちょこんとのっている。遠目には誰もこれが「唐揚げ」とは思わないであろう。

諒はゴクリと喉を鳴らすと、生クリームと小倉をたっぷりとまぶしてから口に運んだ。

食べ始めこそギュッと目をつむっていた諒だったが、噛むたびに広がる不思議な感覚にゆっくりと目を開いていく。

「あれ……割と……アリ？」

唐揚げはアツアツではなく常温に冷まされている。これはおそらく生クリームが溶けないための配慮であろう。その唐揚げの塩味を、甘さ控えめの生クリームが包み、一種のミルキーなソースのような感覚になっている。

そして小倉あんと唐揚げの取り合わせも思いのほか自然だ。よく考えれば小倉トーストもバターの塩味と小倉あんの甘味のコラボレーション。同じように塩味のある唐揚げに合うのも意外と道理にかなっているのかもしれない。冷凍イチゴの酸味も口直しにピッタリだ。

気が付けば、三つ入っていた唐揚げはあっという間になくなっていた。

不思議と癖になる、そんな味わいであった。

トータもまたあっという間に食べ終え、笑みを浮かべている。

「うまかったーっ！　ねーねー、これ、また買ってー」

「ああ、また今度な」

「うーむ、妾にはよく分からぬな……」

満足げに頷き合う二人の様子を不思議そうに見守りながら、朱音はコクのある八丁味噌ダレがかかった美味しい唐揚げをゆっくりと堪能していた。

その後、近くの老舗喫茶店でひと休みした三人は「新しいマンガが欲しい」というトータのリクエストに応じて、大津通沿いにある本屋へと向かった。

諒も小さな頃から通い詰めた三階建ての本屋は、コンピューター関連の専門書とサブカルチャー系の作品を中心としたいかにも大須らしい品揃え。三階に上がって新刊を何冊か見繕うと、トータは大事そうにそれを抱え、にぱっと笑顔を見せた。

いつしか雨も上がったようで、店を出た三人は今のうちにと帰路につく。

するとと赤門通をしばらく歩いたところで、一人の女性と出くわした。

「おや、こんな所でお二人さんに会うなんてまた珍しい」

「あ、どうもお久しぶりです」

自転車にまたがった年配の女性は同じ町内会の顔役である江崎女史。古くから大須の街で暮らす重鎮のあやかしの一人だ。

諒に続いて頭を下げる朱音。一方の江崎はトータを一瞥してから、しゃがれた声を二人に飛ばす。

「あんたらいっつも仲ええなぁと思っとったけど、いつの間にか子供こさえとったんか。ほうかほうか……」

「へっ？　いやいや、そうじゃないっすから！　そもそも、年齢合わないっすよね？」

諒はしどろもどろになりながら、慌てて否定する。

一方の朱音は、至って冷静に説明する。

「この子は少々事情があってうちで預かっておる。江崎殿もよろしゅう頼む」

「そうかー。坊や、何か困ったことあったらいつでも相談においでなーっ。おばちゃんがめーっ！ってしてあげるでなー」

江崎はトータの頭を撫でると、鞄(かばん)から飴玉を取り出し、そっと握らせた。

きょとんとしているトータに諒が声をかけ、頭を下げさせる。

「ちゃんと躾(しつけ)もやっとらっせるようやね。感心感心。そうそう、ひとつ聞きたいことがあったんやけんど、あんたら、最近コテツ見かけとらん？」

「コテツって、あのコテツっす？　そういや最近見てないですね……」

江崎が言うコテツとは、北野神社の近くでも見かける野良猫のこと。

虎柄模様に貫録のあるフォルムが独特のふてぶてしさを放つ、街のボス猫の一匹だ。

江崎の話によると、普段は夕方になると餌を食べにくるコテツがここしばらく顔を出さないということである。

「うーむ、妾はめったに外に出ぬゆえよく分からぬが……。トータはどうじゃ？」

「おいらも知らなーい」

朱音の言葉にぷいっとそっぽを向きながら答えるトータ。

芳しくない答えに、江崎はふぅと息をついた。

「ほうか、知らんかー。もともと野良やし、ふらーっとどっかに出かけたんかもしらんな。ありがと。もし見かけたら教えてちょーせー」

「了解です。もし見つけたら連絡しますね」

諒は頭を下げると、再び長屋へと向かう。

たっぷり遊んで満足したのか、それともさすがに疲れてきたのか、トータの足取りは普段より早いように感じられた。

翌朝、「朝のおつとめ」を終えた諒は、いつものように朝営業を始めていた。朝一で来たいつもの面々に、諒は昨日から気になっていたことを尋ねる。

「皆さんは最近コテツって見ました？」

「そういえば最近見てないねぇ」

「でも、ノラだもんねぇ。気まぐれでどっかに行っても分かんないんじゃない？」

美禄の意見に頷きながらも、推測を口にする双葉。確かにそれは十分考えられる話だ。

「やっぱりそうなんっすかねぇ。でも、こー、なんか引っ掛かるんっすよね。あ、唐揚げマヨのバクダン作ったんで、こちらもどーぞ」

諒が差し出したのは、拳三つ分ぐらいはあろうかという大きな真ん丸おにぎり。昨晩余った唐揚げを再利用した、双葉向けの特製品だ。

「すっごーい！、もらっちゃっていいの？　ありがとーっ！」

双葉は礼を言うと、後ろの口で豪快に頬張っていく。するとみるみるうちにバクダンおにぎりは消えていった。

それを横目で見ながら、ディアナがふと思い出したように口を開く。

「そういやあ、大須に住んどるうちの店の子も飼い猫がおらんくなってまったーって言うとったわ」

「えっ？　それっていつ頃の話です？」

「三週間ぐらい前やったかなぁ。店に行ったらぎょーさん泣いとるもんで、どしたんって聞いたんよ。そしたら、猫がおらーん、猫がおらんーてねぇ」

「なるほど、そんなことが……」

ディアナの話が気になった諒が、作業の手を止めて腕を組む。

昨日の帰り道で江崎から聞いた話では、コテツがいなくなったのも三週間から一ヶ月ほど前。偶然と片付けるには少々奇妙だ。

諒はいろいろと考えをめぐらせつつ、ひとつ確認をする。

「まさかとは思うっすけど、あやかしが噛んでるってことはないっすよね？」

「うーん、諒くんが心配するのも分かるけど、さすがにそれはないと思うなぁ」

卵かけごはんを味付け海苔でくるんと巻きながら答える美禄。

あっという間にバクダンを食べ終えていた双葉も何度も頷いた。

「もし何かしてるとすれば『外道者』のあやかしだと思うけど、それにしてはスケールが小さすぎるのよね。あっ、猫達がいなくなったのが小さなことってわけじゃないんだけど、あいつらがやるなら、もっと人間を困らせるようなことをするんじゃないかってね」

「そうですよね。そうなると、やっぱり偶然なんっすかねぇ。ってあれ？　おかしいな……」

話しながら調理を進めていた諒が唐突にしゃがみ込む。

何事かと思った美禄が首を伸ばして様子を窺うと、諒はコールドテーブルの中を覗きながら、しきりに何かを探しているようなそぶりを見せていた。

「ん？　どうしたん？」

「いや、しまっておいたはず昨日の残りご飯が見当たらないんっすよ。おっかしいなぁ……。トータ、おまえは食ったりしてねーよな？」

カウンター越しにひょこっと顔を出した諒が、客席側で手伝いをしているトータに声をかける。

しかし、トータはブンブンと首を横に振って否定した。

「おいらは食べてないよ！　諒兄ちゃんの勘違いなんじゃね？」

「うーん、まぁ無いものはしゃーないか」

釈然としないものの、営業中にあれこれ悩んでいても仕方がない。

新しく炊き足せばいいだろう。

すると今度は、美禄がディアナに話しかける。

「そういえばディアナがさっき話してた店の子の猫は画像とかないん？　もしよかったらうちらも探すよ？」

「画像もらっとるよ！　えーっと……あ、あったあった。このキャサリンっちゅー子らしいんやけど……」

ディアナのスマホには、一匹の白猫がすまし顔で映っていた。

ふさふさの長いしっぽをくるんと巻いたその姿は大変に愛らしい。

毛並みもしっかりと整っており、愛情をこめて飼われていた雰囲気が伝わってきた。

その可愛らしさに、思わず双葉が食い入るように見つめる。

「うわー、めっちゃいいわー。これ、飼い主さんも寂しがってるだろうねー」

「そうなんよー。何でも朝帰りの日に夕方近くまでぐっすり寝とったら、窓がぱーに開いとっておらんくなってまったらしいんよ。慌てて外に探しに行ったけど、どこにもおれせんかったみたいやわ」

「あちゃー、そりゃ悔やんでも悔やみ切れん話だね。でも、窓開けっ放しだったら外にふらっと行っちゃうこともあるかも」

「そうなんよね。キャサリンはずっと家の中で飼っとったもんで、窓が開いとっても一匹で外へ出るなんて今までなかったらしいんよね。よっぽど間が悪かったんやろうねぇ。ということで、もしこのキャサリンに似た猫がおったら連絡もらってえぇかしゃん？」

「もちろんです、そのときはすぐ連絡しますね。な、トータも分かったな？」

　諒は二つ返事でディアナの話を引き受けると、トータにも言い含める。

　しかし、トータは首を縦に振らず、眉間にしわを寄せた。

「うーん、でも、もしかするとキャサリンは自分で他の所に行きたいって思って家を出たかもしれないよね？　そしたら無理やり探して捕まえてもかわいそうじゃない？」

　思わぬ方向からのトータの意見に驚きつつも、諒は話しかける。

「まぁコテツみたいな野良だったらそうなのかもしれんけどさ、キャサリンみたいに家で飼われてた猫だと餌を確保するだけでもひと苦労だと思うぜ」

「それに飼い主さんだって急にいなくなったら寂しいよね。ね、ディアナ？」

美禄の言葉にディアナが首を縦に振る。

「キャサリンの飼い主の子、今でも仕事の前にはあっちこっち探しまわっとるみたいだわ。長年一緒に住んでた家族みたいなもんやって言うとったし、やっぱ飼い主さんの所に戻したげるのがええんちゃうかなぁ」

しかし、トータには納得できなかったようだ。頬を膨らませながらさらに反論を重ねる。

「でも、そんなの勝手な話じゃん。コテツもキャサリンちゃんも家の場所ぐらいは分かってるはずだろ。だから、きっと帰りたくないだけなんだってば」

「おいおい、それは決めつけすぎじゃねーか？」

頑（かたく）なな態度を見せるトータを諒がたしなめる。

しかし、トータは諒の顔を見ようともしない。

「ふーんだ！　無理やり連れて帰っちゃダメだよ。おいら知ーらね！」

「あっ、こらっ、ちょっと待てって」

言うだけ言って背中を向けたトータを諒が呼び止める。しかしトータは、そのまま階段を駆け上がっていってしまった。

普段のトータとは異なった様子に、美禄が首を傾げる。

「うーん、トータ君どうしたんだろう？　何か気に入らなかったのかなぁ」

「猫のあやかしだから、猫目線で考えて納得がいかなかった……ってことなのかな？」

双葉も理由を考えているが、しっくりこないようだ。諒が、申し訳なさそうに頭を下げる。

「朝からお騒せして申し訳ない、あとでちゃんと言い聞かせておきますんで」

しかし、諒の言葉にディアナが首を横に振った。

「ええよええよ。トータくんの言うことが存外正しいのかもしらん。間違ったことを言っとるわけじゃにゃーもんで、あんまりきつく言わんといたって。まぁ、何か分かったら連絡してちょ」

「了解っす。自分からは必ず」

その頼みに、諒は改めて頭を下げた。

しばらくすると、朝食を終えた三人と入れ替わるように朱音がやってきた。

普段以上に静かな店内をぐるりと見渡し、諒に声をかける。

「おや、今日はトータはおらぬのか」

「ええ、なんか妙に虫の居所が悪かったみたいで、ふてくされたまま上に行っちゃいました。実はついさっきこんなことがありまして……」

かくかくしかじかと、先ほどまでの一連の話を説明する諒。

その話に、朱音もじっくりと耳を傾ける。

「ふむ、左様なことが。そうなると……、早めに手を打っておいたほうがよいやもしれぬの」

「えっ？　どういうことです？」

朱音の言葉の意図が分からず、諒が聞き返す。

「偶然で済ますには少々事が重なりすぎておるとは思わぬか？　何やら『良からぬもの』が動いておる気配がして仕方がない」

「それって『外道者』が絡んでるってことっすか？」

不安げに尋ねる諒だったが、その言葉に朱音は首を横に振る。

「いや、まだヤツらと決まったわけではない。ただ、どうにも嫌な気配じゃな。今はわずかな黒い点やもしれぬが、放っておけば広がり、やがては大須の地を覆ってしまうような、そんな澱んだ気配じゃ」

朱音が見せる真剣な表情に、諒は事態の重さを感じ取っていた。

ひとの世で暮らすあやかしが、意図しないうちにトラブルを起こしてしまうことはゼロではない。

しかし、今回のこれは、何者かが意図的に騒ぎを起こそうとしているように思える。

もし騒動が続けば、この地に移ってから四百年あまりにわたり人知れず培ってきた大須における、ひととあやかしの縁もズタズタになってしまう。

それはあやかしと共に暮らしてきた諒にとって、耐え難いものであった。

諒は朱音の言葉をもう一度心の中で繰り返すと、ゆっくりと口を開く。

「状況は分かりました。それで、自分に何かできることないっすか？」

「いや、今はこちらから何かできる状況ではない。それよりも消えた猫を探すのが先決じゃ。しかしそうじゃな……。トータから目を離さぬようにしてはくれぬか？」

「トータから？　ええ、それはもちろんそのつもりですが……。もしかして、トータが関係しているということなんです？」

悪い予想が脳裏をもたげ、不安に駆られる諒。

しかし朱音は、ゆっくりと首を横に振った。

「あくまでも万が一の備えとしてじゃ。霊力はある程度回復したとはいえ、トータはあやかしとしてまだまだ不安定。もし巻き込まれてしまえば少々厄介なことになることも考えられる。暫くは一人で使いに出すのも避けねばならぬな。常に誰かが一緒に見ているのがよかろう」

「分かりました。そうなるとトータにもちゃんと言っといたほうがいいっすね。おーいトータ、話があるでちゃっと降りてこやー！」

諒が階上にいるトータを呼ぶと、少し間が空いてからトットットッとゆっくり階段を下りてくる足音が聞こえてきた。

降りてきたトータはまだ少しばかし不服そうな様子を見せていたものの、朱音がいることに気付き慌てて頭を下げる。

「諒兄ちゃん、呼んだ？」

「ん、ちょっとな。悪いけど、しばらくの間は一人のお使いなしっつーことになった。出かけるときは一緒に行くからちゃんと声かけ頼むな」

「えーっ、なんでーっ？」

急な申し付けに、トータが口をとがらせる。

すると朱音が横からトータに声をかけた。

「申し訳ないがトータには暫く不自由をかけることになる。じきに騒動が落ち着けば再び元通りにもなれるであろう。いずれ『門』をくぐり直すことも考えておる。

さすれば学校へも通うこともできるようになるゆえ、それまでの辛抱と心得てくれ」

「えっ？　おいら、学校行けるようになるの？！」

パッと目を輝かせて朱音を仰ぎ見るトータ。すると朱音がしっかりと頷いた。

諒もまたウンウンと頷く。

「まぁ、そういうことだ。その分、昼間は朱音さんの所でしっかり勉強しておくんだな。学校に行って『分かりません』ばっかりじゃ大変だからな」

「分かってるよぉ。学校行くなら、サクマに負けてられないもんねっ！」

口答え気味に答えるトータだったが、その頬はすっかり緩んでいた。

学校に行けるということに喜びを感じるトータの姿は、一時期荒れていて学校から遠ざかっていた諒には何とも面はゆいものがある。

諒は頬をポリポリと掻きながら、ふぅと息をついた。

●

それから一週間が経ったものの、二匹の消えた猫の居場所はまだ見つかっていなかった。諒や長屋の住人達も何かにつけて情報を聞いて回ってはいるが、成果は芳しくない。

そんな中、なごや屋ではそれとは別に小さな事件が起こっていた。

それは「食材がなくなる」というもの。

夜営業の残り物など、賄い用として取り置いてあった食材が冷蔵庫の中から忽然と消えてしまうということが数回続いていた。

最初はただの勘違いと思っていた諒だったが、一週間という短い間に二度三度と同じことが続くと、さすがに不審を感じざるを得ない。

何より不思議なのが、なくなるのは決まって、賄い用に残していた、中途半端な余りものということ。

あるときはお茶碗一膳ほどの白ご飯、またあるときは出汁をとった後の煮干し、さらにはサラダ用に茹でた鶏胸肉の余りもの。冷蔵庫の中にはもっといい食材があるにもかかわらず、なぜかこのような半端ものばかりがなくなるのだ。

冷蔵庫を整理するあやかしがいるという話も聞いたことがない。

仮眠から起きた諒がモヤモヤとしたものを抱えながら仕込みをしていると、入口がガラガラっと開いた。

「こんちゃーっ。お邪魔しまーっす」

やってきたのはサクマであった。諒が手を止めて顔を上げる。

「おー、なんか久しぶりじゃない？　トータなら朱音さんの所に行ってるけど……」

「あ、今日は違うんです。これ、ばあちゃんが友達からもらったからおすそ分けだって」

サクマはそう言うと、手にしていた白いビニール袋を差し出した。

諒が覗くと、中にはきゅうりやナス、トマトといった夏野菜がたくさん入っている。少々形が不揃いだが、どれも瑞々しくて新鮮そうだ。

「ありがとう。でも、こんなにいいの？」

「うん、うちだとばあちゃんとオレの二人だけだし、めっちゃたくさんもらったから食べ切れないんだ。『もっとぎょーさんいるんなら、遠慮のぉ言ってちょーでゃー』って」

口真似をしながら笑みをこぼすサクマ。釣られて諒もぷっと噴きだしてしまう。

「さすがによー似とるなー。でも、これだけ頂いたら十分。ばば様にまたお礼に行きますって伝えといて。とりあえず、これでも飲んでって」

諒はグラスにジンジャーエールを注ぐと、サクマにそっと差し出す。

するとサクマはにこっと笑顔を見せ、ゴクゴクと喉を鳴らした。

「あーうめっ！　このシュワシュワがたまんないね」

「いい飲みっぷりだねぇ。そうそう、いつもトータと遊んでくれてありがとな」

この機会に礼を伝えておこうと思った諒の何気ない一言。しかし、それを聞いたサクマの表情がにわかに曇る。

「アイツなんてしんない！　だってアイツ、すぐにズルするんだもん！」

「えっ？　何それ？」

聞き捨てならない話に、諒もまた眉間にしわを寄せる。

サクマはそのときのことを思い出したのか、頬を大きく膨らませた。

「あのねっ、こないだすぐそこの広場にトータと遊びに行ったことあったでしょ？　そんときかくれんぼがやりたいっていうから付き合ってあげたのに、気が付いたら裏の公園出てってどっか行っちゃってたんだよ！　しばらくしたらしれっと広場に戻ってきたけどさ、外に隠れるなんてずるくない？」

「うわぁ、マジかぁ……、そりゃあいつが悪いな」

子供達の遊びの中にも決まりごとはある。その決まりを破れば怒るのは当然だ。

諒はサクマに深々と頭を下げる。

「俺からもきつく叱っとくし、今度ちゃんと謝らせに行く。ホントごめん！」

「べ、別に諒兄ちゃんに誤ってもらっても……。でも、トータには『次やったら絶交だ』ってちゃーんと言っといて！　じゃ、遅くなるとばあちゃん心配するから、そろそろ帰るね！」

サクマはそう言うと、ペコリと頭を下げてから勢いよく外へと飛び出していった。

帰ってきたらまた叱らないと……。諒はふぅと溜め息を吐くと、ぶるるっと首を横に振ってから再び包丁を手にした。


深夜零時を回った頃、「なご屋」には諒と朱音の二人きりとなっていた。

朱音の元から帰ってきたトータを叱ると、トータはふてくされたように二階へ上がってしまう。なかなか降りてこないので様子を見に行ってみると、肌掛けにくるまって眠ってしまっていた。

「うーん、反抗期なんですかねぇ……」

諒は提灯を片付けながら、朱音に問いかける。

「分からぬ。しかし、あまり感心できぬことは間違いないな。ただ、一人で出歩かないようにさせている故、イライラが溜まっておるのかもしれぬの」

「とはいっても、ダメなもんはダメっすからねぇ。でもそうなると、あの件もやっぱりトータが〝犯人〟なんすかね」

目下の悩みである食材紛失事件について、諒はトータの仕業ではないかと考えていた。

その言葉に、朱音も首を縦に振る。

「確かに、不自由さへの苛立ちから、悪戯したいという気持ちを抑え切れなくなっていると考えれば辻褄は合うじゃろう」

「やっぱり朱音さんもそう思いますか。でも、何かこう、腑に落ちないんっすよね……」

「ほう、というと？」

朱音は手元の杯をくいっと傾けると、手酌でなみなみと酒を注いでいく。

「いや、悪戯だとすれば、もっと俺とかに迷惑がかかるようなことをしそうじゃないっすか。無くなっているのは無ければ無いで問題ないってものばかりですし……」

カチカチカチと時を刻んでいた柱時計が、ポーンと鐘を鳴らす。

諒は洗い物を進めながらも、もう一度頭の中を整理していた。

状況からすると、トータが残り物を持ち出している可能性は高い。おそらくは、諒が眠っている間にこっそりと起きて持ち出しているのであろう。

しかし、そうだとしても理由が分からなかった。もしかしたら悪戯ついでにつまみ食いをしているのかもしれないが、出汁ガラの煮干しや茹でただけの鶏胸肉を調理もせずに食べようとするであろうか？

むしろつまみ食いなら、朝食用に取り置いている惣菜を狙いそうに思える。いくらトータが猫系の「あやかし」とはいえ、美味しい惣菜が目の前にあるところで、わざわざ煮干しの出汁ガラや茹で鶏肉を選ぶのは不自然だ。

（いやまて、猫……？）

そのとき、諒の脳裏に一つの可能性が浮かび上がる。

まだ単なる推測に過ぎないが、もしそれが正しければ全ての辻褄が合う。

その推測を確かめるために、諒は朱音に一つの質問を投げかけた。

「朱音さん、野良のコテツと飼い猫のキャサリン以外で、最近猫がいなくなったって話、聞いたことあります？」

「いや、そういう話は聞いておらぬが？」

変わらぬペースで杯を傾けながら朱音が淡々と答える。

「そうですか……」

ゆっくりと頷く諒の眉間にはしわが寄っていた。


翌日の昼過ぎ、トータはいつものように勉強を見てもらうため朱音の元を訪れていた。

今日の課題であった整数の割り算のドリルを解き終え、朱音の採点を待っている。

「ふむ、ここが間違っておるぞ。五十三から四十八を引くと答えはいくつになる？」

「あっ、そっか。余りは五だ！　うーん、気を付けてたのになぁ」

凡ミスで満点を逃したトータが悔しそうな表情を見せる。

「いつも言うておるが、一度解いたらもう一度見直すのがよい。ここまで解けておれば十分満点を取れるはずじゃよ」

「はぁい」

トータが猫耳をペタンと倒して口をへの字に曲げると、朱音がにこっと微笑んだ。

「さて、今日は良いものがあるんじゃが……」

「えっ？　なになにっ？」

ぐいっと身を乗り出すトータ。すると朱音はキッチンへと向かい、プラスチックの入れ物を持ってきた。

その中に入っていたのは、ひと口大にカットされたこの時期が旬の赤い果実。

たちまちトータが喜びの声を上げた。

「あーっ、スイカだーっ！」

「うむ。トータがちゃんと頑張ったら渡してやってくれと、諒から預かっておった。ひとつ間違いはしたがまぁよいじゃろう。さぁ、たんと食うがよい」

朱音は四角くカットされたスイカをひと切れ爪楊枝で刺すと、トータにそっと差し出す。

「ありがとーっ！　じゃあ、いっただっきまーすっ！」

トータはひと口でスイカを頬張ると、満面の笑みを浮かべた。

直前までしっかりと冷やされていたスイカから、キンキンに冷えた果汁がじゅわっと溢れてくる。旬真っ盛りで甘味も十分。勉強で疲れた頭にとても心地よい。

「めっちゃうめーっ！　おいら、スイカ大好きーっ！」

トータは次々にスイカを口にいれ、溢れ出んばかりに頬張る。

その食べっぷりに、朱音もまた満足そうに頷く。

「スイカは熱中症の予防にもよいしな。たくさん食べるがよかろう」

「ねっちゅーしょー？」

初めて聞く言葉に首を傾げるトータ。

朱音はうむとひとつ頷くと、ゆったりと説明を始める。

「熱中症というのはな、暑さが身体の中に溜まってしまって身体の調子を悪くしてしまうことじゃ。天気の良い日に外に出るとしんどい思いをすることがあるじゃろ？」

「うん、この間も諒兄ちゃんと買い物一緒にいってたら、暑くてフラフラになっちゃった……」

「うむ、それをそのままにして身体の中に熱が溜まってしまうと、頭が痛くなったり、気持ち悪くなったりすることがある。それが熱中症じゃ」

「えーっ、おいら頭痛いのやだー」

「それだけではない。熱中症を放っておいて酷くなってしまうと、意識を失って最悪死んでしまうこともあるのじゃよ」

「えっ！　し、死んじゃうの⁉」

朱音の口から飛び出した恐ろしい言葉に、トータがビクッと顔を上げる。

「あくまでも最悪の場合のことではあるがの。とはいえ、あやかしたる妾やお主ならそこまで至ることはなかろう」

「なーんだ、それを早く言ってよー」

自分には関係ないと分かり、トータがふーっと息をつく。

しかし、朱音の表情は厳しいままだ。

「いやいや、トータは大丈夫であってもあやかしではない人間や動物はそうはゆかぬぞ。特に名古屋の夏は特別暑い上に湿気で蒸すので熱中症にかかりやすい。くれぐれも注意せねばならぬのじゃ」

「じゃ、じゃあどうすればいいの……？」

怖くなったのか、スイカを食べていた手を止めたトータが目を泳がせる。

それに対する朱音の答えはシンプルであった。

「熱中症は身体の中の水分や塩分、糖分といったものが流れてしまうと酷くなりやすい。つまり、汗をかいた分だけこれらを補ってやることが一番の予防となる。もちろんお茶やスポーツドリンクでもよいのじゃが、こうして水分が豊富なスイカを食べることも立派な予防となるんじゃよ」

「そうなんだ……」

朱音の説明を何度も頷きながら聞いていたトータが、今度は腕組みをしてうーんと考え始めた。しばらくすると、何か思いついたようにぱっと顔を振り上げる。

「ねーねー、これって持って帰っていい？」

「ふむ、どうしたのじゃ？」

「あの、え、えっと……、そう、諒兄ちゃんにもこのスイカをあげようと思って。ねっちゅーしょーにならないように」

トータの言葉に、朱音が口角を持ち上げながらコクリと首を縦に振る。

「ああ、構わぬよ。ならば、妾も一緒に……」

腰を上げようとする朱音。しかし、それよりも早くトータが立ち上がった。

「一人で平気だよ！　じゃあ、早速行ってくるねっ」

そう言うが早いか、トータがあっという間に部屋を飛び出していく。

するとと朱音は、懐からスマホを取り出すと、通話ボタンを押した。

「ああ、予想通りじゃ。では、あとは手筈通りに」

短い通話を終えた朱音がふぅとひとつ息をつく。そして、今度こそゆっくり立ち上がった。


トータは物陰にこそこそと身を隠しながら街の中を歩いていく。向かった先は路地の一角にある那古野山公園であった。

古墳が元となった小高い山の公園をいくつもの建物が囲んでいる。さらに山頂に生えた三本の大木が作る影が一帯に涼しさを与えていた。

トータはその公園の片隅にしゃがみ込むと、抱えていたスイカ入りの容器を地面にそっと置く。すると、木の陰から虎柄模様の猫がひょいっと顔を覗かせた。

「ねっちゅーしょーって怖いんだから、いっぱい食べないとダメだぜ」

その言葉に返事をするように虎柄模様の猫がミーと一鳴き。そしてふんふんと鼻を鳴らしたかと思うと、パクパクと食べ始めた。

すると、トータの後ろから不意に声がかけられる。

「そうだなぁ、ちゃんと水分取らないと熱中症になるもんな」

「えっ⁉　だ、だれっ！」

突然の声にトータが恐る恐る振り向くと、そこには諒と朱音が笑顔で微笑んでいた。

「どうしたトータ？　俺にスイカを持ってきてくれるんじゃなかったのか？」

「りょ、りょーにーちゃん……」

諒の微笑みが何やら恐ろしげに感じられ、トータの声が思わず震える。

あまりの驚きに口をパクパクとさせていると、今度は朱音が声をかけてきた。

「なるほど、やはりそういう訳じゃったか」

その視線の先にあるのは、つい先ほどまでスイカを頬張っていた虎柄模様の猫――コテツの姿。小さな体を目いっぱい膨らませ、こちらを威嚇している。

そしてさらにその後ろ、壁に立てかけられた板の下から猫がもう一匹じっとこちらを見つめていた。

朱音の視線に気付いたトータが、両手を広げて二匹の猫の前に立ちはだかる。

「諒兄ちゃんも朱音さんも、こっち来んなーっ！」

トータはぶすっと口をへの字に曲げ、上目づかいで諒と朱音を睨みつける。

諒は、トータの頭にぽふっと野球帽をかぶせると、そのままぐりぐりと撫で始めた。

「ったく、一人で抱え込んだってしゃーねーやろ？　悪いようにはしんねぇからそう警戒すんなって。後ろにいるのはキャサリンだよな？」

トータはしばらく視線を彷徨わせるものの、やがて観念したようにコクリと頷く。

それを見た諒は、ふうと息をつくと、トータの前でしゃがみ込んだ。

「でもさ、なんで早く言わんかった？　コテツの居場所さえ分かれば皆も安心するだろうし、キャサリンも飼い主さんの所にもっと早く帰れたんじゃねえんか？」

「だ、だって、そうしたら……」

トータが声を詰まらせながら、プルプルと首を横に振る。

そこまで強く問い詰めたつもりはなかった諒は、困ったように首を傾げる。

すると、二人の様子を見守っていた朱音がトータの後ろへと回り込み、立てかけてあった板をそっと持ち上げた。

「なるほど、そういうわけじゃったか」

キャサリンと共にいたのは三匹の子猫。ようやく目を開いたというところであろうか、母猫の傍らで小さな体をプルプルと震わせている。

その三匹の前では、キャサリンが背中を丸めて激しく威嚇していた。

「そう怒らんでもよい。おまえさん達を引き離すようなことはせぬから安心せよ……、と伝えてくれぬか？」

振り向きながらかけられた朱音の言葉に、トータがコクリと頷く。

するとトータは、コテツとキャサリンに向かってミャーミャーと話し始めた。

しばらくすると二匹は幾分警戒を和らげた様子を見せたのだが、今度はそれを見守っていた諒がほーと感心した声を上げる。

「トータってやっぱ猫と話せるんだな……。でも、なんでこんなことになってんだ？」

「え、えっと……」

トータはしどろもどろになりながらも説明を始めた。

二匹のうち、トータが先に知り合ったのはコテツのようだ。トータが一人でお使いに行き始めた頃、休憩していた公園でたまたま出会った一人と一匹は、〝雄猫同士〟ということもありすぐに仲良くなったらしい。

するとしばらくたったある日のこと、コテツから相談を持ちかけられる。

それは恋の相談。コテツには気になる相手がいるとのことで、どうやったら仲良くなれるのだろうかというものだった。

「なるほど、その相手がキャサリンだったというわけか」

朱音の言葉にトータがコクンと頷く。

コテツは、いつもの散歩コースにある一軒のアパートで飼われていたキャサリンに一目ぼれ。毎日足しげく通っては窓越しの逢瀬を楽しんでいたとのことだ。

　するとキャサリンもコテツを気に入ったらしく、やがて二匹は恋に落ちる。猫の姿で一緒についていっていたトータから見ても、二匹の世界に入り込むことが難しいほどの相思相愛（ラブラブ）ぶりだったようだ。

「でもさ、コテツったら意気地なしなんだよっ。そんなに好きならケッコンしちゃえばいいのに、窓越しに会ってるばかりで何もしようとしないしさっ」

　当時のことを思い出したのか、トータがぷーっと頬を膨らませる。

　するとある日のこと、絶好のチャンスがやってきた。

　いつものようにコテツとトータがキャサリンの元を訪れると、窓の内鍵が開いていることに気が付いた。

　今なら窓を開けられる……そう気付いたトータは、コテツとキャサリンをけしかける。こんなチャンスは二度とないかもしれない、カケオチするなら今しかないと。

「で、おいらが窓を開けて、二人をケッコンさせたんだ。でも、見つかっちゃったら連れ戻されちゃうだろ？　だからおいらがここを教えてあげて、コテツとキャサリンが仲良く暮らせるようにしてたんだ」

　万が一にでも見つかるとマズイということで、コテツも今までとは縄張りを変えて違う場所で餌の確保に努めていたらしい。しかし、不慣れな場所では思うように餌を獲れず、ほとほと困っていたそうだ。

「それで煮干しとか鶏胸肉とかをコイツらに持っていってたってわけか」

「そうだよ。お腹ペコペコだったらかわいそうだもん」

諒の言葉に、トータが胸を張って答える。

そしてしばらくすると二匹の間に子猫が生まれ、今に至っているということであった。

一連の話を聞き終えると、諒はふーっと息をつく。

人よりは猫に近いトータの言い分も分からなくはないところもある。

諒が顎に手を当てたとき、後ろから勢いよく誰かが飛び出してきた。

「たーけ！　どたーけ！　くそだーっけっ！」

聞きなじみのある声が聞こえてきたかと思うと、ペシーンと乾いた音が響き渡った。

トータの前に仁王立ちしたのはサクマ。鬼のようなものすごい形相だ。

思いっきり叩かれたトータは、頭を押さえながら涙目でサクマを睨む。

「ってぇなぁ！　何すんだよっ！」

「おみゃーさんこそなにとろくしゃーことぬかしとりゃーすか！　どんなに周りの人に心配かけてんのか分かっとるん？」

「なんでそんなに言われなきゃいけねーんだよ⁉　おいら、コテツとキャサリンが仲良くなれるように頑張っただけじゃん！　そ、そりゃ内緒でご飯の残りを持っていったのは悪かったけどさ……」

不服そうに口を曲げ、ぷいっとそっぽを向くトータ。

しかし、サクマは両手でトータの頬を押さえると、ぐいっと自分のほうへと顔を向けさせた。

「トータ、本気でそれ言っとるん？　キャサリンちゃんの飼い主さんの気持ちを考えてみい？」

「そ、それは……」

頬を挟まれたまま目を泳がせるトータ。

その視線をずらさせまいと、サクマはさらにがっしりと頬を押さえつける。

「そりゃーさ、コテツくんとキャサリンちゃんのことだけを考えたら、幸せになってよかったーってなるよ。でもね、キャサリンちゃんにも飼い主という家族がいるじゃん。野良猫のコテツにだって、街のみんなが見守ってる。あんたがやったのは、そういう人たちに心配かけたってことなんだよ！」

「で、でも、そんなこと言ってたら、コテツとキャサリンは一緒になれないじゃん！」

トータは声を震わせながらも、なおも反論する。

すると、今度は朱音が問いかける。

「では尋ねるが、もし妾がコテツとキャサリン、それに子猫たちが安心して暮らせるようにしようとお主に黙ってどこか遠くの別の場所へ預けたとしたら、お主は何と思う？」

「そ、それは……」

その問いかけには何とも答えられず、トータは押し黙ってしまった。

風がそよぎ、生い茂った葉の擦れる音がさっーっと辺りに響きわたる。

いつしか、トータは目に涙を浮かべていた。

ここまで静かに見守っていた諒がトータの頭にポンと手をやる。

「まぁ、応援してやりたかったというお前の気持ちは分かる。でも、二匹のことだけを考えたのはまずかったな」

「そうじゃな。このままでは、二匹はもちろんのこと、この子たちまで肩身の狭い思いで生きねばならなかったところじゃ」

朱音の言葉が心に響いたのか、トータがコクリと頷く。

そしてサクマもまたにこっと微笑みながらトータに声をかけた。

「これからこういうことがあったら、ちゃんとオレにも話すんだぜ。今度は失敗しないように手を貸してやるからさ」

「うん……、ん？　ちょっと待って、なんでサクマが上から目線なの？」

「だって、オレのほうが先輩じゃん！　ったく、手のかかる弟分ができちまったぜ」

「えーっ！　そんなの認めないからーっ！」

反省の色はどこへやら、トータは顔を真っ赤にしながらサクマに飛びついていく。仲良く取っ組み合いをする二人の姿に、諒と朱音、そして二匹の猫までもが温かい視線を送っていた。


諒と朱音は、トータにも手伝わせながら事態の収拾に向けて動き始めた。

まずはキャサリンの飼い主と連絡を取り、事情を説明。子猫を産ませてしまったことで相当な怒りを買うことも覚悟していたが、猫好きの飼い主は快く引き取ってくれた。

子猫達の父親であるコテツについても、自由に外を出歩かせながら面倒をみてくれるようだ。

そしてこの騒動のついて最初に声をかけてくれた江崎にもこのことを伝えると、やや驚いた様子ではあったもののほっとした様子を見せていた。落ち着いた頃にはコテツもまた顔を出すだろうと伝えると、とびっきりの餌でお祝いしてあげなきゃと早々に息を巻く。

一方のトータには少々のペナルティが課せられた。周りの人に迷惑をかけたこともあるが、あやかし長屋以外の場所で本来（猫）の姿になったことも見逃すことはできないもの。門番たる朱音から、反省文の提出と一週間分のおやつ没収を言い渡された。なお、没収されたおやつは煮干しに姿を変え、サクマの手によって新しく家族となった二匹と子猫達に贈られた。

●

梅雨が明ける頃には一連の事件も収まり、普段の日常が戻ってきていた。

そんなある週末のこと、諒がエアコンの効いた自室でゴロゴロと体を休めていると、スマホがブルブルと震え出した。

「はいもしもしーっ。ええ…、えっ？　今からっすか？　はい、分かりました。折り返し連絡するっす。おーい、トータ―」

「んー？　どした？」

諒の傍らで漫画を読みふけっていたトータがひょいっと顔を上げる。

「ちょっと今度の夏祭りのことで急に打ち合わせに行かなきゃいかんくなったんだ。どうする？　朱音さんの所に行ってるか？」

「うーん、でも、確か朱音さんって何かどうしても用事があるとかで出掛けなきゃいけないって言ってなかったっけ？」

首を傾げながら答えるトータ。諒も思い出したようにあーと声を上げる。

「そういやぁそんなこと言ってたっけ……。うーん、困ったなぁ……トータ、一緒についてくるか？」

「えー、おいらお留守番してるー。外めっちゃ暑そうなんだもーん」

窓の外を見ると、ギラギラと強い日差しが辺りに降り注いでいた。

初めての本格的な名古屋の夏は相当厳しいようで、毎日楽しみにしていたお使いに行くのですら渋るほどである。

打ち合わせの場所にトータを連れていっても退屈するばかりであろうし、無理に引っ張り出すほどでもない。問題は、トータが大人しく家にいてくれるかどうかだ。

「そしたら、ちゃんと一人で留守番できるか？　一人でふらーっと遊びに行ったりしねーか？」

「大丈夫だよっ！　おいら、暑いのやだし」

トータが返事をして、再び漫画に目を落とす。

一瞬迷った諒だったが、先日のことでしっかり反省も見せていたことを思い出し、ここはトータを信じることとした。

「よーし、じゃあすぐ帰ってくるから家でちゃんと大人しくしてるんだぞ。それと、冷蔵庫にスイカが冷やしてあるから、お腹すいたら食べていいからな」

「やったっ！　んじゃ、後で食べるーっ」

大好物のスイカにありつけるとトータが声を弾ませる。

この調子なら大丈夫だろう。

諒は、くれぐれも勝手に外を出歩かないようにともう一度しっかりと言い聞かせてから階段を下りていった。

スイカを食べながら大人しくマンガを読んでいたトータは、やがてウトウトと舟を漕ぎ始める。すると、窓を叩く音がする。

「うーん、だれー？」

眠たい目を擦りながら窓のほうを向くと、灰色の毛並みの猫がこちらをじっと見ている。

片目だけが赤く輝くその不思議な姿に首を傾げていると、ニヤッと口角を持ち上げながらトータに話しかけてきた。

「やっと会えたね。ボクはずっとキミのことを探していたんだよ」

「えっ？　でも、おいらは君のこと知らないんだけど」

初めて会った相手から気さくに声をかけられ、トータがますます首を傾ける。

しかし、灰色猫はそんなことはお構いなしと言わんばかりだ。

「そうか、キミは記憶がなかったんだっけ。まあいいさ。ところで、こんな狭い所に閉じ込められて、キミは嫌じゃないかい？」

なんでそんなことを聞くのだろうと思いつつ、トータは首を横に振る。

「ううん。何にも嫌じゃないよ。諒兄ちゃんのご飯はおいしいし、朱音さんのお話は勉強になるし、いろんな人たちが来るから退屈もしないしね」

「そっか、キミはこれくらいのことで満足できちゃうんだ。残念だなぁ」

灰色猫がふふふっと微笑んだような気がした。

その微笑みが、トータの胸にちくっと刺さる。

「なんで残念なの？　おいら、別にそんなこと……」

「いいや残念だよ。だってキミほど強い力をもったあやかしだったら、大須中のあやかしを従えて、人間達をあっと言わせることだってできる。そうしたらいつもいつでも好きなように暮らせるし、こんなちっぽけな飯屋のご飯なんかと比べ物にならないほど美味しいものだっていっぱい食べられるさ」

「でもおいら、諒兄ちゃんのご飯好きだし……。それに、人間に迷惑かけたら怒られちゃうよ？」

変なことを言うんだなぁと思いながらも、トータは灰色猫から目が離せない。

一方の灰色猫は、飄々としていた。

「怒られないさ。いや、むしろ怒れないって言ったほうが正しいかな？」

「えーっ、おいら、いっつも怒られてるよ？」

「それはキミが本当の力に気付いてないからさ。ちゃんと力を目覚めさせたら、人間はもちろん、あやかし達も逆らうことなんてできやしない。キミはそれくらい強いあやかしの生まれ変わりなんだからさ」

その言葉に、トータが猫耳をピクリと動かす。

自分の正体——それはトータが最も知りたいことだ。

諒や朱音に時々尋ねてみてはいるのだが、いつもはぐらかされてしまう。本当に知らないのか、それとも隠されているのかは分からないが、ともかく教えてくれないのだ。

「ねぇ、君はおいらのこと知ってるの？」

「ああ、知ってるさ。キミのことならなんでもね。おいで、キミはこんな所でくすぶっていちゃいけない。いるべき場所に戻って力を解放するんだ。そうすれば、全てが君の望み通りになるさ」

「で、でも……」

灰色猫の誘いはとても魅力的だ。しかし一方で、その微笑みにはうす気味悪さも感じられる。

トータの心の中にはカンカンカンと警鐘が鳴り響いていた。目の前にいる相手の甘美な言葉に惑わされてはいけないと。

しかし、その迷いをさらに激しく揺り動かすように、灰色猫がニヤリとしながら言葉を続ける。

「毎朝、神社を掃除してておかしいとは思わないかい？　参拝者もいないのにゴミばっかりじゃん」

「そ、それはそうだけど……」

灰色猫の言う通り、毎朝ちゃんと掃除をしていてもすぐ次の日には紙屑（かみくず）やたばこの吸い殻、空き缶などが転がっている。毎日繰り返される光景に悲しさを感じるのも無理はない。

「それに、人間なんてあやかしを全部バケモノ扱いしてるじゃん。ほら、サクマだってそうだったでしょ？」

住家を追われたサクマの話はトータの胸にも深く刺さっている。

「それに、あの時計のヤツも、人間の勝手な言い分に振り回されてるじゃない。あやかしは強いんだから、人間どものワガママに付き合う必要なんてない。まして、キミみたいな強いあやかしだったらなおさらさ。さぁおいで。キミの力を取り戻しに行こう」

灰色猫の言葉は、どれも突き刺さるものばかりであった。

トータはしばらく悩んでから、ようやく首を横に動かす。

「やっぱりダメだよ。だっておいら、諒兄ちゃんと約束したもん。ちゃんと一人で留守番してるって」

「そうか、そこまで言うなら仕方がないねぇ。じゃあ今は諦めるさ。でも、その代わり、ボクの頼みも聞いてもらえるかい？」

「ん？　頼みって？」

急に話の流れが変わり、トータがきょとんと首を傾げる。

「なぁに、簡単なことさ。キミがもし自分の正体を知りたいと思うんだったら、そのときはボクに会いに来てほしい。たったそれだけのことさ。でもね、ボクに会いに行くことは誰にも言っちゃいけない。もちろん、諒や朱音にもナイショだ。それさえ守ってくれるなら、ボクはいつでもキミのことをあの場所で待ってるよ」

「あの場所？　それってどこ？」

「それはキミがよく知ってるはず、一生懸命思い出してみるがいい。そうすれば、きっとキミはボクに会いたくなるはずさ。じゃ、続きはまた今度」

灰色猫はニャアとひと鳴きすると、ぴょいっと窓の縁から飛び降りた。

トータはそれを見送ると、そのまましばらくぼんやりと窓の外を見ていた。

そして数日後、トータはあやかし長屋から姿を消した。

第五章　古き伝承と消えたあやかし

梅雨も明け、本格的な夏を迎えた大須は毎月の縁日に賑わっていた。

大須三大祭りのひとつに数えられる「夏まつり」を控えた七月の縁日は、他の月よりも多くの人で賑わう。特に今年は土曜日と重なったこともあり、夏まつりの前哨戦とばかりの大変な人出となっていた。

諒はいつものように昼の仮眠から目覚めると、厨房で夜営業の準備を始めていた。

柱時計がボーンと鳴り、夜営業の始まりまであと半時ほどであると告げる。

「っと、もうこんな時間か……。ってか、今日は随分遅いなぁ」

諒が昼の仮眠を取っている間、トータは朱音の部屋へと出向いて勉強をする約束となっている。

普段なら五時までには帰ってくるはずなのだが、今日はまだ戻らない。

縁日に釣られて寄り道でもしているのだろうか。

首を傾げていると、入口がガララっと開いた。

「おう、おかえ……って、朱音さん、どうしたんっすか？」

「ふむ、トータが忘れ物をしおったので、届けに来たのじゃが……」

「えっ、トータ、まだ帰ってきてないっすよ?」

朱音の言葉に驚く諒。朱音も目を見開く。

「おや、それは面妖な。今日は随分と早く勉強を終え、三時過ぎにはもうこちらへ戻っておるはずじゃ。妾もこの目でしかと見届けたから間違いない」

「えっ⁉ あーでも、その頃だとまだ寝てたんでまったく気付かんかったっす。って、じゃあ、その後一人で出かけたということ……?」

「かもしれぬな。うーむ、それはしもうたな……」

眉をひそめて渋い顔を見せる朱音に、諒がふるふると首を横に振る。

「まぁ、今日は縁日なんでちょっと遊びに行っただけっすよ。なぁに、じきに……」

帰ってきますと言いかけたところで、再び扉がガラッと開いた。

「ごめんください。失礼しますわ」

そう言いながら入ってきたのは、あやかし長屋を定宿としている小関であった。

いつも時間に正確な小関が普段より三十分以上も早く姿を見せ、諒は目をパチクリとさせる。

「あれ? 小関さん、こんな時間にどうされたんです?」

「いや、営業前のお忙しい時間に申し訳ないですわ。実は、先ほどこんなものを預かりまして。確かこれはこちらのトータ君のものじゃなかったかと」

そう言いながら小関が差し出したのは帽子。青い布地に白いＤマークが刺繍された、ややくたびれた野球帽だ。

よく見覚えがあるその帽子を受け取ると、諒は慌てた様子で裏地を確認する。すると、そのタグには「Ｔ」とはっきりイニシャルが書かれていた。トータに渡した際に諒自身が入れたサインだ。

諒はバッと顔を上げると、カウンターから身を乗り出さんばかりの勢いで小関に迫る。

「ええ、間違いなくトータのものですが……、どうしてこれを小関さんが？」

「い、いえ、露店の片付けをしていたら突然知らない子供から渡されたんですの。落ちてたーって……」

「そ、それでその子は？」

「すぐにどこかへ行ってしまいましたわ。ところで、トータ君がどうかされたのですか？」

血相を変えた諒に、小関がそっと覗き込むようにして様子をうかがう。

諒は一瞬言いよどんだものの、すーっと深呼吸をしてから震えた声で言う。

「実は、トータがまだ帰ってきていなくて……」

「あら、それはまた……。しかしまだ日も明るいですし、今日は縁日の賑わいもありますので、どこかに遊びに行かれたという話では？」

小関もまた驚きを何とか抑えつつ、努めて冷静に言葉を返す。

諒は手にした野球帽を握りしめながら、ふるふると首を横に振った。

「さっきまでは俺もそう考えていたんっす。でも、これをかぶってないというのは……」

仮姿となっても猫耳を隠せないトータにとって、この野球帽は外出時の必需品。諒と「なご屋」の二階で暮らし始めた頃こそ雑に扱うこともあったが、最近はすっかり気に入ったようで、不意に脱げたりしないよう少しきつめに調整して大切にかぶっていた。

つまり、この野球帽をかぶらないままトータが長時間出歩くということは、およそ考えられないことであったのだ。

良からぬ事態の気配に、諒は不安を隠せない。頭に巻いていたバンダナを掴み取り、腰のエプロンも脱ぎ捨てる。

「俺、とりあえず探してきます」

いてもたってもいられず、一目散に飛び出そうとする諒。

しかし、それを朱音が厳しい声で制した。

「待たぬか、諒。慌てるでない」

「えっ？　だって、早く探さないと……」

「ただ闇雲に探しても徒労が増すばかり。まずは探す場所を把握してからじゃ」

朱音はそう言うと、カウンター脇に置いてある一冊の紙束を取り出した。客への案内用に常備している「大須マップ」だ。

朱音は続いて赤色のサインペンを手にすると、大光院の前から新天地通の入口に向けて線を引っ張った。

「とりあえず縁日が開かれておる赤門通のこの辺りは必須じゃろう。他にトータが行きそうな心当たりはないか？」

「ええと、普段の行動範囲だとここことかここことか、それにこっちも……」

諒の言葉に合わせて、朱音が次々と赤ペンを入れていく。

大須一帯にある公園や神社仏閣の境内はもちろん、おもちゃ屋や百円ショップ、コンビニ、本屋、ゲームセンターにも印を付ける。

「ひとまずこの印から探すとしよう。諒、お主は縁日が開かれておる赤門通の一帯を中心に探してくれぬか？　妾はそれ以外を重点に見て回ろう」

「了解っす。ええと、ということで小関さん、申し訳ないのですが今日の営業は……」

頭を下げかけた諒に、小関が慌てて首を横に振る。

「いやいや、トータ君を探すのが先ですわ。私もお手伝いしますわよ」

「えっ、でもこれはうちのことっすし、お手を煩わせては……」

「そんな水臭いこと言わないでくださいな。それこそお二方にもトータ君にも普段からいろいろお世話になってますし、ここで手伝わなければ時計の針が廃るってもんですわ」

「かたじけない。では、小関は妾と共に探してくれぬか？」

「分かりましたわ。では、諒さん、何かあったら私にメッセージを」

「本当にありがたいっす。じゃあ、早速行ってくるっす」

そう言い残すと飛び出すように出ていく諒。

その後に続いて店を出た朱音と小関は、店主の代わりに「臨時休業」と書かれた紙を貼り出し、照明に照らされたアーケードへと向かっていった。


諒と朱音と小関は大須の街を駆けめぐり、トータを探し続けた。

諒は屋台が立ち並ぶ赤門通の人ごみを縫うようにして抜けながら、わずかな気配も漏らさぬよう意識を集中させる。

猫耳を隠す野球帽をかぶっていない以上、トータが仮姿のまま歩いている可能性は少ない。

あやかしとしての本来の姿——即ち「尾を二本生やした黒い子猫」となっているだろう。

縁日の賑わいの中では、目視だけで一匹の子猫を見つけるのは難しい。

しかし、諒が持つ「観」の力なら近くにいるあやかしを察知できる。これが頼みの綱だ。

赤門通を軸としつつ、諒は脇道にも移動しながら慎重に気配を探る。

時折あやかしの気配を感じると一目散に駆けつけるのだが、たまたま縁日に遊びに来ていたあやかしだったり、仕事から帰ってきたあやかし長屋の住人だったりと空振りばかりであった。

やがて日が暮れ、商店のシャッターがひとつ、またひとつと下ろされていく。

朱音と一緒にいる小関からのメッセージでは、仕事から帰ってきたあやかし長屋の住人達や「なご屋」の常連も加わって人海戦術で探しているとのことであった。

しかし、トータ自身はもちろん、手がかりとなるような情報も得られていないようだ。

状況は芳しくない中、諒は大須中を探し続ける。

朱音達と途中で持ち場を交替しながら、夜遅くまで捜索は続く。

やがて、縁日の屋台もすっかり撤収した頃、諒の頬に滴がポツリと落ちる。

「ん……雨、か……」

最初はぽつぽつとした降り方だったが、やがてサーッと地面を濡らしていく。

諒がコンビニの軒先へと避難すると、小関から「いったんなご屋へ戻ってほしい」とメッセージが飛んできた。諒はできるだけ雨に濡れないようアーケードの下を走っていく。

「戻りました」

「うむ、とりあえず頭を拭くがよい」

朱音からタオルを受け取った諒が、雨で濡れた頭をぬぐう。

店には朱音と小関のほか、美禄や双葉、それに麻里や玄一郎の姿もあった。

いつもは賑やかな店内も今日ばかりは空気が重い。

いつしか勢いを増した雨が激しく地面を叩く音だけが響いていた。

「そうだ、警察に連絡を……」

そう言いながら店の電話に手を伸ばす諒。しかし、朱音がその手をそっと抑える。

「なんで止めるんですか？　はやく捜索してもらわないと……」

抗議する諒だが、朱音は目を閉じて首を横に振った。

「トータはまだ『住民』として登録できておらぬ。人の手を借りることは難しい」

ひとの世で暮らすために必要となる住民登録は、あやかしにも行うことができる。昨今ではご丁寧にもマイナンバーまで発行されるようになっている。

しかし、あやかしが住民登録するためには各地の門番による特別な手続きが必要。あやかしの信用に関わる部分でもあるため、その手続きは慎重に行われる。「門」をくぐっていないあやかしであるトータはまだこの手続きをすることができなかった。それはすなわち、人々の社会においてトータは「どこにも存在しない」ことを意味している。

「こちらが事情を明らかにできぬ以上、外の手を借りることは許されぬ。諒、気持ちは分かるがどうかこらえてくれ……」

頼りになりそうな道がふさがれてしまい、諒が肩を落とす。

自分達で何とかするしかない。しかし、このまま何の手がかりもなく闇雲に探したところで果たして見つけることができるのだろうか。焦りばかりが諒の心に募っていく。

すると、美禄がふと思いついたように口を開いた。

「ねぇ、警察がだめなら、ネットで呼び掛けるのはどう……？」

「ネットで？　それこそ収拾がつかなくて後から大変なことになっちゃうんじゃ？」

確かにＳＮＳなどで呼び掛ければ情報が集まる可能性はある。しかし、それはトータのプライバシーを詳らかにすることと同義。警察に届け出る以上にリスクが高く、現実的ではないと思われた。

しかし、美禄にはどうやら別の考えがあったようだ。

「あっ、そうじゃないの。トータ君じゃなくて『黒猫のトータ』を探してますってしたらどうかなって。帽子をかぶってないってことは、あやかしの姿になってる可能性があるってことでしょ？　それなら猫の姿を伝えて探せばいいんじゃないかなーって……」

「そっか！　猫を探してますって言うだけなら、単にペットを探してるって思うよね。うん、それ、めっちゃいい案だと思う！」

美禄の横で話を聞いていた双葉も、うんうんと大きく頷く。

確かにＳＮＳを見ていると逃げ出したペットを探すような書き込みは時折見かけるし、広く拡散されているケースも多い。幸いなことに、トータの本来の姿はほとんど普通の黒猫と変わらない。違和感も少ないだろう。

しかし、それでもなお諒には気がかりが残る。

「でも、トータの特徴っていったら二又の尻尾だよな。それをネットに載せるのは結構ヤバい気がするんだけど……」

すると、ここまで話を見守っていた玄一郎が珍しく真面目な顔で口を開く。

「ならばそこは伏せておけばよいのではないか？」

「そうですわね。黒猫というだけでも、トータ君にたどりつく情報としては大きいですし」

小関もまたコクコクと頷いて賛意を示した。

「そうか、確かにそれなら……」

諒は、朱音へと視線を送った。

「自分としてはやりたいのですが、朱音さんから見ても大丈夫そうっすか？」

「そうじゃな。多少騒ぎになる恐れもあるが、見つけることが先決じゃ。えすえぬえすとやらは妾はまったく分からぬゆえ、お主らに任せよう」

朱音の言葉に、その場に居合わせた全員が首肯する。

そうと決まれば、即実行に移るのみ。発案者である美禄に諒が知恵を求める。

「そうしたら、店のアカウントから書き込めばいい？」

「うーん、店だと事情を知らない常連さんとかが猫飼ってたの？　ってなっちゃうかもしんないから避けたほうがよさそう。私のほうでうまいことやってみるよ。えーっと、黒猫バージョンのトータ君の写真って持ってないよね？」

「ごめん、さすがに撮ってない」

諒は眉間にしわを寄せ、申し訳なさそうに頭を下げる。

すると横から双葉が声をかけてきた。

「そしたら、私がイラスト描くよ。絵があったほうが分かってもらいやすいもんね」

「助かる双葉！　さすがはPOPマスターと呼ばれた書店員、頼りになるわー」

「絵なら任せて！　パッと書いちゃうから特徴だけ教えてもらっていい？」

双葉はそう言うと、さっとタブレットを取り出す。

諒もまた感謝を伝えつつ、黒猫トータの特徴を伝えていった。

すると横で見ていた麻理が鞄からノートパソコンを取り出す。

「イラストができたらこちらにも回して。手渡しできるチラシをパッと作っちゃうから」

「あ、そしたらそのチラシのデータ、私にもくださいな。大したことはできませんが、骨董仲間に伝えるくらいはできそうですわ」

「麻理さんも小関さんも……ありがとうございます」

深々と頭を下げる諒の目にうっすらと涙がにじむ。

しかし、今は泣いている場合ではない。諒は手でぐいっと目元をぬぐうと、美緑と共にSNS用の文面を考え始めた。

SNSに「黒猫トータ」を探している旨の書き込みを終えたのは、間もなく日が変わろうとする頃であった。

その後諒達は留守番役の朱音を店に残し、もう一度トータを探しに街へ出る。

雨宿りができそうな所にいるのではないかと、神社仏閣の軒下や公園のベンチの下などもくまなく確認していく。そして、諒だけは別行動。あやかしである彼らとは持ち場を変えながら、「観」の力でトータの気配を探り続けた。

しかし、結果はやはり変わらない。トータの姿はもちろん、痕跡すらも見つけることはできなかった。

捜索を打ち切って「なご屋」へと戻る諒。一緒に捜索をしてくれた五人に深々と頭を下げて店内に入った。

「ただいまです。もしかして戻っていたりとか……してないですよね……」

「ああ、まだじゃな」

指定席に座っていた朱音が、そっと目を閉じながら首を横に振る。

諒はバスタオルで身体の滴をぬぐうと、ふうと大きく溜め息を吐いた。

「そうだ、ネットのほうには何か情報が……」

首元にバスタオルをかけながら、カウンター上に置きっぱなしになっているノートパソコンを覗き込む。

夜遅くにもかかわらず、書き込みは次々と拡散されていた。予想を超える勢いなのは「子猫」という点を強調していたからかもしれない。

そして書き込みに対する返信もまた、大量に届いていた。

しかし、その内容は場所や特徴の問い合わせや励ましの言葉がほとんど。中には「目を離したおまえが悪い」などという返信もあった。

拡散の代償としてネガティブな内容が来ることも予想はしていたものの、実際に目の当たりにするとやはり応える。

それでも何か手がかりがないかとスクロールする諒。

するとある一つの返信に、ふと手が止まった。

顔を画面に近づける諒の様子に、朱音が首を傾げる。

「ふむ？　何か見つこうたのか？」

「いや、これなんですけど……」

諒はノートパソコンを朱音の席まで運ぶと、画面を指さした。

【逃げられたんだからしゃーないっしょ？　ソイツはそこにいるべきじゃなかったってことですー。きっと今頃、居心地のいい場所でおからでもたらふく食べてるんじゃない？　はい、残念でしたー】

「ふむ、なんともおかしな物言いじゃが、ただの悪戯ではないのか？」

朱音の言う通り、それは何でもない悪戯書きのようにも見える。

しかし、諒にはその中の一文がどうしても引っ掛かっていた。

「でも、ほら、ここ見てください。なんでわざわざ『おから』なんて……」

「言われてみればそうじゃな。トータがおから好きなのでつい読み飛ばしてしもうたが、普通は『餌』とか『ご飯』とか言いそうなものじゃ」

「やっぱそうですよね。それに、トータがおからを好きだなんて一言も書き込んでないんです。偶然にしては出来過ぎではないかと」

「なるほど。つまり、この書き込んだ主は、トータのことや今回の事情を知っている可能性があるというわけか」

朱音の言葉に諒がコクリと首肯する。

「この書き込みがただの悪戯ではないとすれば、トータは『居心地のいい場所』にいるってことになりますよね？　あとはそこさえ特定できれば……」

ようやく掴んだわずかな手がかりに、諒が色めき立つ。

しかし、朱音は淡々と言葉を重ねた。

「で、その場所とは？」

「そ、それは……」

短い質問に、うぐっと言葉を詰まらせる諒。

朱音の言う通りこの一文だけでは居場所の検討など付けようもない。

返信主のアカウントを辿ってみるも、書き込みはこの一件のみであった。いわゆる「捨てアカ」だ。

「くそっ」

一筋の光明が見えたと思いきや、また深い霧が進むべき道を覆ってしまう。そんなもどかしさが諒の心を揺さぶっていた。

焦りの色を濃く浮かべる諒に、朱音がゆっくりと声をかける。

「落ち着け。焦ったところで糸口は見つからぬぞ」

「じゃあ、朱音さんも一緒に考えてくださいよっ！」

拳をカウンターに叩きつける諒。ガンと大きな音が店内に轟いた。

静まり返った店内に、規則的に刻まれる時計の針の音と地面を叩きつける雨音だけが響く。

先に口を開いたのは諒であった。

「すいません。俺……」

「構わぬ。焦るのも当然。妾こそ余裕がなかったのやもしれぬ」

朱音もまた詫びの言葉を口にすると、そしてふぅと息をついてから再び話し始めた。

「分からぬことをどれだけ考えても仕方がない。いったん離れてもう一度最初から整理したほうがよさそうじゃ」

「そう……ですね」

朱音の言葉に諒が首を縦に振る。

そして諒は、トータが姿を消してから今までのことをひとつずつ確認し始めた。

「トータの姿を最後に見ているのは朱音さんですよね？」

「ああ、間違いなくここへと戻ったのを見ておる。それが三時過ぎのことじゃ」

「でも、そのとき自分は昼の仮眠をしていて、帰ってきたのには気付かなかった。そうすると、トータは俺が起きるまでの間にここを出たってことになりますね」

「そうじゃの。しかも無理やり連れ去られたとかではなく、自分から出ていった可能性が高い。それが誰かに誘われたのか、自発的なのかまでは分からぬがな」

「ですね。ただ、それに気付いてなかった俺は、昼寝から起きても朱音さんの所に行ってるものばかりだと思い込んでた。そこに朱音さんがトータの忘れ物を届けに来て、あれってなったんすよね」

朱音がコクリと首肯する。

「そして、小関が野球帽を届けに来て、これはまずい事態になったと気付いたのじゃ。そういえば、小関はなぜトータの野球帽を持っておったのじゃ？」

「ああ、それは『露店の片付けをしていたら突然知らない子供から渡された』って……」

「ふむ……、そやつは本当に人間の子供じゃったのだろうか？」

「どういうことですか？」

思わぬ問いかけに、諒が思わず聞き返す。

「いや、単純な疑問じゃ。拾った野球帽がなぜ偶然にもトータを知っている小関の元へ届いたのか、いささか気になったのじゃ。小関が露店を開いていたのは骨董市の会場である大須観音の境内。そこなら目と鼻の先に交番があるではないか」

「確かに、言われてみれば……」

たまたま拾われたトータの帽子が、近くの交番ではなく、たまたまトータの知り合いである小関に届けられるのはいったいどれほどの確率なのであろうか。

偶然というにはあまりに不自然だ。

「つまり、何者かが意図的に……？」

「うむ。そして、もしそうであるとすれば、こちらの事情を十分に理解している者の仕業である可能性が高い。あやかしが関わっていると考えるのが自然じゃな」

確かに筋は通っている。しかし、まだ納得ができない部分が残っていた。

「でも、もしそうだとすれば何が目当てなんでしょう？　ぶっちゃけ、やり方が回りくどすぎますよね」

諒の疑問に、朱音が一瞬の間の後に答える。

「相手の目的まではまだ分からぬが、思い当たることはある。おそらく相手はトータを餌に、我々をどこかに呼び寄せようとしておるのじゃろう」

「えっ⁉」

大胆な推理に驚く諒。しかし、朱音は変わらず淡々と言葉を続けた。

「でなければ、我らにトータの居場所に繋がるような手がかりを与える必要はないからの。それにもうひとつ、少なくとも今の時点でトータはそれなりに近くにいると見ていい」

「本当ですか！」

その言葉に諒がますます大きく目を見開く。

「トータを餌にするなら無事でなければ価値がない、単純な推理じゃよ。とはいえ、状態までは保証できぬ。言葉巧みに操られておるか、それとも無理やり監禁されておるか……」

「そ、そうっすよね……」

一瞬喜んだのも束の間、やはり現実は甘くなさそうだ。

それでもトータが近くにいる可能性が出てきたことに、諒は強く勇気付けられていた。

大須で生まれ大須で育った諒にとって、大須の街は庭みたいなもの。隅から隅まで知り尽くしている。いるとさえ分かれば見つけられないわけがない。

「やっぱり俺、もう一度探してきます。一刻も早く……」

助けに行かないと――諒がそう言いかけた瞬間、店内がピカッと光に包まれた。

次の瞬間、ガランガランガラーンと激しい雷鳴が響き渡る。

「ならぬ！　行くでない！　行ってはならぬ！」

朱音は慌てたように立ち上がり、諒の腕を強く引っ張った。

急に腕を掴まれた諒が、朱音のほうに倒れ込みそうになる。

諒はとっさに朱音の背中に腕を回し、何とか二人の体を支えた。

「あ、朱音さん……？」

朱音を抱きかかえるような形になった諒の視線が朱音をとらえる。

間近に見る朱音は透き通るように白く、吸い込まれるほどに美しい。

しかしその瞳は潤み、その身体は小刻みに震えていた。

いつも気品に満ち溢れ、あやかしたちの尊敬と畏怖を集める朱音からはとても想像もつかない姿だ。

「行くでない……、これ以上失いとうはない……」

諒の腕の中、か細い声で呟く朱音。

その言葉の意味を、諒は誰よりも理解していた。

胸の痛みを隠しつつ、朱音をそっと椅子に座らせる。

「大丈夫っす。俺は必ず帰ってきますから」

俯いたままその言葉を聞いた朱音。

やがてぶるるっと頭を振ると、キッと顔を上げた。

「必ず戻ってこい。でなければ、妾は、三度この店を守る店主を探さなければならなくなるのでな。求人というのは面倒じゃ」

まだかすかに震えている朱音の拳を、諒の手がそっと包み込む。

「分かってます」

そのとき、不意に扉がガララっと開いた。

「諒、思い出したぞ！　おからだ、おか……ら？」

急ぎ足で入ってきた玄一郎は、手を取り合う諒と朱音を交互に三度ずつ見つめる。諒は大慌てで朱音から離れると、ぶるぶるぶるぶるっと首を横に振った。

「いやいや、誤解、誤解っすから！」

「う、うむ。しかして、こんな刻限にどうしたのじゃ？」

朱音もまた、平静を取り繕いながら玄一郎に視線を送る。

聞きたいことは山ほどあるが、今は時間がない。玄一郎は咳払いで気を取り直すと、早速本題を切り出した。

「そうそう、おからなのだ。諒、それに朱音さん、トータはもしかすると『おからねこ』かもしれんのだ！」

その言葉に、朱音がピクリと眉を動かす。

しかし、諒はいまいちピンと来ていないようだ。

「『おからねこ』……って、何でしたっけ？」

「そうか、諒ではもう知らぬかもしれぬな」

朱音はそう言うと、おからねこについて語り始めた。

おからねこは、かつての大須の地にいたとされる獣（けもの）のあやかし。その名の通り猫の姿をしているが、身体は牛や馬の数倍ほども大きい。暑かろうと寒かろうと、雨が降ろうと風が吹こうと一つの場所から動かずに丸まり続けるおからねこ。やがてその背中には草木が生い茂るほどであったそうだ。

「おからねこは類稀なる霊力の持ち主でな、特に病魔を退けることには非常に長けておった。昔はあやかしと人の関わりも今よりおおらかでの。あやかし姿のおからねこも人々から随分慕われておったそうじゃよ」

朱音の話に諒が頷く。

今度は玄一郎が話を続けた。

「しかし、時を経て、あやかしと人の関わりも変わってしまった。あやかしは化け物として怖れられる存在となり、人の前に姿を現すことは許されなくなった。それに、病を癒やすのも祈りではなく科学的な医療に変わっていく。いつしか、おからねこは人々から必要とされなくなり、その存在も忘れられていったんだ」

「じゃあ、おからねこは……」

ゴクリと息を呑む諒。朱音は力なく首を横に振った。

「いつしか消えてしもうたそうじゃ。人との縁が解けたあやかしの運命じゃ」

朱音はそう言うと、そっと目を閉じる。

「人間って、勝手ですね……」

消えてしまったおからねこ。その寂しさはいかほどであったのであろうか。気付けば諒は胸元を握りしめていた。

とはいえ、この話だけではおからねことトータの繋がりは分からない。

諒は率直に疑問を投げかける。

「でも、今の話だとおからねこは消えてしまったんですよね？　トータとは身体の大きさからして全然違うんっすけど……」

すると、その疑問に朱音が答える。

「確かにかつてのおからねこは消えてしまった。ただ、伝承から察するにおそらくおからねこは少なくとも半神の存在だったと考えられる。そうであれば、何かのきっかけで、別の分体が顕われてもおかしい話ではない」

「妖怪（もののけ）や鬼は生命体に近い存在だが、神の分体や仏の化身はある意味霊的存在に近いからな。新たな形をとってひとの世に顕現することはあり得る話だ」

二人から語られた複雑なあやかし事情を呑み込み切れず、諒が首をひねる。

「えーっと、つまりそれって……おからねこであっておからねこではないということです？」

「概ねそんな感じだ。仮にトータがおからねこであったとしても、かつてのおからねことは別の存在ということだ」

玄一郎の言葉に、朱音も首肯する。

「それにトータがおからねこだとしても、それは極めて不完全な形じゃ。何せ自分をおからねこと認識できておらぬぐらいじゃからの」

「なるほどっす。そうすると、もしかして書き込みにあった居心地のいい場所というのも……」

「おからねこと最も縁の深い所ということになるじゃろう。玄一郎、場所は分かっておるな？」

「もちろん。三輪神社とも繋がりのある場所ですからね。ではお二方とも、出かける仕度を」

玄一郎に促されると、諒と朱音が大きく頷く。いつしか雷鳴はすっかり聞こえなくなっていた。

アーケードを抜けると、先ほどまでの大雨が嘘のように上がっていた。

大須商店街の東端、大津通の万松寺交差点までやってきた諒は、信号が変わるのをじっと待つ。

夜明け前は一日の中で大須が最も静かになる時間、人通りもほとんどない。

空は少しずつ白んできたが、昨日から降り続いた雨の影響のせいか、辺りには薄霧が立ち込めていた。

正面から来た一台の車が急ぎ足で右へと曲がると、歩行者用信号が青に変わる。ただじっと前を見据えて、諒が歩みを進める。そのまま短い通りを直進し前津通へと行き当たったところで、ぴたっと足が止まった。

「……これは？」

今にも消え入りそうなかすかな気配、しかしそれは確実に諒の元へと流れてくる。諒だけが感じ取れるあやかしの気配だ。

その気配に誘われるように足を右に向けると、諒はさらに歩みを進めていく。行きついた先はビルとビルの間に佇む小さな神社、大直禰子（おおただねこ）神社であった。階段の前に立つと、まるで子供がすすり泣くような声が聞こえてくる。

間違いない、トータはここにいる。

諒は一度目を閉じると、意を決したように階段に足をかけた。

一段、二段、そして三段目まで登ったその瞬間、諒の目の前がバシッと白く輝く。

「うわっ！」

痺（しび）れるような感覚に襲われ、諒は神社から弾きだされるように階段を転げ落ちた。

したたかに打ちつけた背中の痛みをこらえながら身体を起こすと、鳥居の上に灰色の毛並みの猫が姿を現していた。

灰色猫は、どす黒く禍々（まがまが）しい気配を漂わせている。今まで出会ってきたあやかし達とはまったく異質のものだ。

「あーあ、結局コイツ一人か。つまんねーの」

片目を赤く光らせた灰色猫が、何ともつまらなさそうに諒を見下ろす。

諒も負けじと口元の血をぬぐいながら、キッと睨み上げた。

「てめぇ、トータをどうするつもりだ？」

「別にどうもしないさ。ただ、本来の『あるがままの姿』に戻すお手伝いをしただけ。ま、目覚めた後は、霊力をぜーんぶ吸わせてもらうけどねー」

灰色猫はそう言うと、ニヤーッと口角を持ち上げた。

霊力が切れればあやかしとしての存在が失われるということ、つまりトータが消えるということである。

「そんなこと絶対許すわけねえだろ！」

「なんでアンタの許可がいるの？　でもさ、せっかく召喚できたと思ったら誰かさんが先に拾っちゃうんだから随分焦ったよ。まぁ、おかげで十分体力も付いたみたいだし、その分だけは感謝かなぁ。この分なら覚醒の呪（まじない）にも耐えられそうだしね」

「うるせえ！　今すぐトータを返せ！」

諒は立ち上がると、一気に階段を駆け上がった。

灰色猫は鳥居の上から飛び降りると、諒の目前で大きく口を開く。

次の瞬間、激しい電撃が諒を襲った。

「ぐっ、がっ……」

まるでロープのように伸びた電撃で全身を縛り上げられた諒は、そのまま地面に倒れ込む。一方の灰色猫は、まるで何事もなかったかのように近づいてきた。

「人間の分際で、ボクの邪魔ができると思った？　おこがましいったらありゃしない。でもオマエも人間にしてはなかなか霊力高そうじゃん。んじゃ、早速餌になってもらおうかなっ」

諒の肩に飛び乗ると、舌なめずりする灰色猫。気付けば口元には二本の牙が伸びていた。

（おいおい、マジかよ……！）

諒は必死にもがくが、立ち上がることはおろか、身動きひとつできない。

「じゃ、いっただっきま……」

「そこまでだっ！」

諒が目をつぶった次の瞬間、怒声と共に肩の上に衝撃が走った。

ゆっくりと目を開くと、傍らにあったのは朱音の姿。美しい朱髪から二本の角をチラリと覗かせている。

「済まぬ、少々出遅れた」

屈んだ朱音が諒に手を当てると、電撃の縄がパリンという音と共に細かな欠片となって散らばった。

諒が、首元に手を当てながら起き上がる。

「マジで死ぬかと思いましたよ。でも、助かったっす」

礼を言いながら、境内の奥を見据える諒。

そこには、既に灰色猫が身を起こしていた。

「ってて……。不意打ちとは少々無粋じゃねえかい、『門番』さんよ？」

「何を言う、お主が周りを見ておらんかっただけではないか？　問い質したいことは山ほどあるが、まずはトータを返してもらうぞ！」

「ハハハ、そんなことがおまえにできるかな？　飛んで火にいる夏の虫、お前も餌にしてやるぜっ！」

灰色猫が猫の威嚇のような奇声を発しながら口を大きく開く。

次の瞬間、先ほどよりも太い電撃が二人へと襲い掛かった。

雷光に一瞬顔をしかめた朱音だが、いつかの雨の日のように体を竦ませることはなかった。

「何の、甘いわっ！」

諒をかばうように前へ出た朱音は、右手を突き出し電撃を直接掴み取る。そしてそのまま握りしめると、電撃は乾いた音を立てて砕け散った。

「くっ。化けもんがっ！」

電撃を素手で握り潰された灰色猫が、大きく目を見開く。

そして、その一瞬の隙に、諒が動く。

「天神に申し上げる、彼の悪霊を狭間へと疾く送り給え！」

ポケットに忍ばせておいた退魔の呪符を取り出し、宣呪（のりと）と共に投げつける。

すると灰色猫を中心に地面に漆黒の円が広がった。

次の瞬間、まるで底なし沼に引きずり込まれるかのように灰色猫の身体が沈み始める。

「チッ」

自らの不利を悟ったのか、灰色猫は舌打ちを残して忽然と姿を消した。

元通りとなった地面に、一枚の紙切れがハラリと舞い落ちる。

「や、やりましたか……」

肩を激しく上下させながら結果を尋ねる諒。

しかし朱音は、地面に落ちた紙を拾い上げるとふるふると首を横に振った。

「いや、残念ながら逃げられたようじゃ。已むを得ん」

朱音が拾い上げたのは猫の形をした紙。「外道者」が好んで用いる式魔の依代だ。

すなわち、逃げた灰色猫は単なる使い走りにすぎないということ。背後には黒い影がちらつく。とはいえ、逃げられてしまっては後を追うことは難しい。それに今は先にやるべきことがある。

朱音は左手で依代を持つと、右手で小さく九字を切る。

すると、たちまち依代は炎に包まれ、灰ひとつ残すことなく消え去った。

「これでしばらくは大丈夫じゃろう」

額の汗をぬぐいながら、朱音が息をつく。

「それよりもトータじゃ。諒、参るぞ」

「は、はいっ」

奥へと向かう朱音。諒もまた、胸に手を当てて息を整えながら後を追った。

猫の額ほどの狭い境内、その奥に祠（ほこら）のような小さな社が佇んでいる。

その右手にある一本の木の根元にトータの姿があった。

「なんて酷い……」

諒は呟くと、黒猫姿となったトータの頬をそっと撫でる。

木の根と地面の間にできたわずかな洞に押し込められ、トータは苦しそうに顔をゆがませていた。スマホのライトをつけて奥を見ると、木の根がトータの体に無数に絡んでいる。その一部は背中に突き刺さっているようにも見えた。

「待ってろよ、今助けてやるから……」

諒が声をかけながら木の根をかき分けようと手を伸ばす。

しかし次の瞬間、トータの身体から真っ黒な瘴気が立ち上り、諒に襲い掛かった。

「危ないっ！」

朱音がとっさに手を伸ばして瘴気の塊を払いのける。

白魚のような美しい手が、みるみるうちに赤く滲む。

「朱音さんっ！」

「これしき、大したことはない。しかし、厄介じゃ。既に覚醒が始まっておる……」

眉をひそめ、渋面となる朱音。木に貼られた呪符をベリッと剥がして握り潰す。

「人に忘れ去られた『おからねこ』の寂しさ、悲しみ、恨み。そうした負の感情を無理やり流し込むことでトータを覚醒させようとしたようじゃ。このままでは、悪霊に堕ちる」

「それなら早く止めないと！」

再びトータへと伸ばそうとした諒の手を、朱音がガシッと握りしめる。

「無理じゃ。一度始まった覚醒は止められぬ。無理に止めれば、それこそ存在が消えてしまうぞ」

「じゃあ……、じゃあ、どうすれば！」

諒が朱音を見上げながら大声で叫ぶ。

すると朱音が、諭すように口を開いた。

「祈りを奉げるほかはない。かつて忘れ去られてしまった『おからねこ』の無念が祓われるよう、そしてトータの清き心が怨念なぞに決して負けぬよう、祈り続けるのじゃ。人が与えた苦しみは、人の真心によってのみ解かれる。トータと最も深く縁を結んだお主の祈りで、トータを救ってやるのじゃ」

「俺の、祈り……」

朱音の言葉を諒はゆっくりと噛みしめる。そしてそっと目を閉じると、トータへの祈りを込めた祝詞を詠み始めた。

トータにずっと付き添っていたい諒であったが、朱音は許さなかった。

一睡もせず悪霊と向き合った諒は、肉体的にも精神的にも限界を迎えていた。口では「大丈夫」と言う諒だったが、朱音が軽く押すだけでいとも簡単にしりもちをついてしまうほどの状況。気持ちは分かるが、無理はさせられない。それに、このままトータに付き添わせていると、諒まで負の瘴気に巻き込まれる恐れもある。朱音は神社の外で人払いの結界を張っていた玄一郎にトータの付き添いを任せると、半ば引きずるようにしながら諒をあやかし長屋へと連れ帰った。

「なご屋」の二階にある自室に放り込まれると、諒はそのまま深い眠りにつく。

窓から西日が深く差し込む頃、ようやく諒は目を覚ました。

「ってやばっ！　もうこんな時間……って、今日は日曜日だっけ……」

諒は枕元のスマホで時間と日付を確認すると、まだボーっとする頭をぶんぶんと振ってから身体を起こした。

少し力を入れるだけで、全身が痺れるような痛みに襲われる。身体も一晩中海で泳がされた後のように重い。それでも諒はゆっくりと立ち上がると、着替えを済ませてから壁を伝うようにして階段を降りる。

なんとか一階へと降りると、いつもの指定席に朱音が座っていた。

「ようやく目覚めたか。気分はどうじゃ？」

「最悪っす……」

正直立っているのもやっと。諒は眉をひそめて、弱音を溢(こぼ)す。

一方の朱音は普段と変わらぬ様子だ。疲れを微塵にも感じさせない。

「朱音さんはタフっすね……」

「なあに、この程度の疲れであれば酒が吹き飛ばしてくれる。ほれ」

朱音がそう言いながら差し出したのは空いたグラス。諒は、ふぅとひとつ息をつくと、既にカウンターの上に置かれていた朱音お気に入りの日本酒をなみなみと注いだ。

「そういえば、トータは……？」

朱音の隣に腰をかけた諒が、最も気がかりなことを尋ねる。

朱音はくいっとグラスを傾けると、ふーっと息を吐いた。

「今は小康状態といったところじゃな。何かあれば玄一郎からすぐ連絡が来るようになっておる」

「そうですか……。やっぱり俺、あいつの所に……」

諒は立ち上がろうとするものの、全身を貫く痛みに思うように体が動かない。

「その身体では無理じゃ。気持ちは分かるが、今は休んでおれ」

「で、でも……。何か、何かしてやりたいんです……」

カウンターをドンと叩く諒。噛みしめた唇からは血がにじんでいるようだ。

半年という時間は、諒とトータの間に深い絆を生み出していた。

朱音にも諒の気持ちは痛いほどに伝わっている。

そのとき、入口がガラッと開かれた。

「諒兄ちゃん！　トータは？　トータは平気なんだよねっ？」

息せき切って飛び込んできたのはあかしゃぐまのサクマ。後ろからはたんすのばあばも顔を出す。

「こら、騒々しゅうしたらあかんて。しかし、どえらけにゃぁことになりゃーしたなも」

「いえいえ、ご心配をおかけして申し訳ないっす。ちょっと目を離した隙に大変なことになってしまって……」

カウンターに手をつきゆっくりと身体を起こすと、諒が二人に頭を下げる。

すると、サクマが駆け寄り、諒の腰にしがみついた。

「ねぇ、トータ大丈夫だよねっ？　元気で帰ってくるよねっ？」

見上げるサクマの目は、涙で潤んでいた。

諒はサクマの頭にポンと手をやると、にっこりと微笑む。

「ああ、きっと大丈夫。あいつは悪者に負けるようなやつじゃないさ」

その言葉は、言った諒自身の心にも深く染みた。

トータの強さを信じて祈る、そうすればきっと無事に帰ってくる。

「ほんでも、ただ待っとるというのも気が揉めてまうのぉ。まーちょっと何とかしたるんができりゃあええんだけんど……」

たんすのばあばの呟きに、諒も腕組みをする。

するとサクマが、何かひらめいたようにパンと手を打った。

「そうだっ！　トータにご飯を持ってこうよ！　ご飯食べたらきっと元気になるよ！」

「うーん、気持ちは嬉しいけど今はちょっと難しいかなぁ……」

目の当たりにしたトータの苦しむ姿を思い出すと、とてもご飯を食べていられる状況とは思えない。諒には現実的ではないと感じられた。

しかしその提案に、朱音がコトリとグラスを置いた。

「……いや、存外良い案かもしれぬぞ」

「えっ、でも今のトータじゃとても食べる余裕なんて……」

「そうではない、神饌(しんせん)じゃ。神饌として奉げるのじゃ」

疑問を返す諒に朱音が力強く答える。

「おからねこは神の化身としての側面を持つ。なれば、おからねことして目覚めつつあるトータにも、神饌を奉げることで祈りをより強く届けることができるやもしれぬ。試してみる価値は十分にあろう」

「な、なるほど……！」

ようやく合点がいった諒が大きく頷く。

「っし、じゃあ早速準備を……って何を用意すればいいんっすかね？」

一口に神饌といっても、その種類は多岐にわたる。御神酒や米飯はもちろんのこと、他の穀物や豆類、貝や魚、昆布といった海産物、鴨や兎なども奉げられることも多い。正月に飾る鏡餅も立派な神饌だ。

しかし、いま求められているのはトータのための神饌。何でも供えればよいというものではないだろう。

顎に手を当て、あれでもないこれでもないと呟く諒。

そんな諒を見て、たんすのばあばがそっと声をかけた。

「難儀に考えなさんでもええ。そういうのは形よりもおみゃーさんの気持ちが大事だなも。トータの好きなもんを作ってやりゃーせ」

「そうですね。そうしたら……やっぱアレでしょうね。サクマも一緒に作るかい？」

「うんっ！」

力強く頷くサクマ。

諒は両手でパンと頬を叩くと、身体の痛みをこらえながら厨房へと向かっていった。


日が傾いて徐々に空が暗くなり始めた頃、諒と朱音は再び大直禰子神社へとやってきた。

その気配に、トータの傍らで様子を見守っていた玄一郎が振り返る。

「諒、もう身体は大丈夫なのか？」

「玄さん、ありがとうございます。正直まだきついですけど、トータのことを考えたらこれくらいは……。で、どうです？」

そう尋ねながら木の根元へと視線を落とす諒。そこにはすやすやと眠ったように見えるトータの姿があった。

「先ほど三度目の邪気払いの護符を貼ったところだ。おかげでいったん落ち着いてはいるが、果たしてこれがいつまで持つことか……」

決して予断を許さないということであろう、現状を告げる玄一郎は苦虫を噛み潰したようなしかめっ面であった。

諒はトータの頬をそっと撫でると、朱音から風呂敷に包まれた荷物を受け取る。

風呂敷を解くと、そこには大量の稲荷や揚げ物、手羽先が積み上げられていた。

「ん、これは……？」

玄一郎に、諒がにこっと微笑む。

「トータに奉げる神饌です。コイツも腹をすかしているでしょうから、ちょっとでも食べてもらえればと思って。皆で作ったんで随分とたくさんになっちゃいましたけどね」

最初はサクマと二人で神饌作りを進めていたのだが、立ち上る香りを嗅ぎつけたあやかし長屋の住人が「なご屋」へとやってきて一緒に手伝ってくれたのだ。その結果、予定よりも多くの神饌が出来上がったというわけである。

諒は眠るトータの前に茣蓙を敷き、祭壇代わりのテーブルを組み上げる。

そして左右に榊を並べ、中央に神饌をのせた皿を置くと、居住まいを正して息を整えた。

「広前に　秋の垂穂の　八握穂を　持清まはり　御炊しきて　供る御食は　柏葉に　高らかに拍つ　八平手の　音平けく　安けく　神は聞きませ　宇豆の大御膳」

祝詞を唱え終えると、諒は柏手を八回打つ。そして深くお辞儀をしてからトータに微笑みかけた。

「なぁトータ、皆がおまえのために作ってくれたんだぜ。これは寿司飯の代わりにおからを詰めた稲荷、それに好物のおからコロッケ。あと、これはおまえに初めて作ったおから入りの手羽先餃子。皆、おまえと一緒に食べたいって、たくさん作ってくれたんだ。おまえは独りなんかじゃない。だから、負けんじゃねえぞ……」

胸から込み上げるものを抑え切れず、諒は言葉を詰まらせてしまう。

その瞳からはいつしか大粒の涙が溢れ出していた。

その雫が地面を濡らしたとき、辺りが白い光に包まれる。

光は木の根元へと集まっていき、いっそう強く輝き始めた。

その光に追い出されるように、真っ黒の瘴気が飛び出してくる。

「諒、今じゃ！」

朱音の叫びに、諒が涙をぬぐって強く頷く。

「祓え給い、清め給え、守り給い、幸え給え。祓え給い、清め給え、守り給い、幸え給え。祓え給い、清め給え、守り給い、幸え給え……」

胸の前で手を合わせた諒が、何度も何度も祝詞を繰り返す。

朱音と玄一郎は不測の事態に備え、諒の左右で身構えた。

白い光がいっそう輝き、瘴気を呑み込んでいく。

やがて瘴気は断末魔の叫びと共に、目前から消え去った。

「……あれ？　おいらどうして……？」

聞きなじみのある声に諒が目を開くと、そこには黒い猫耳を頭からぴょこんと飛び出させた、無垢の姿のままの一人の少年が立っていた。

少年は目をゴシゴシと擦ると、自分の周りをキョロキョロと見つめる。

「って、なんでおいら、裸なの？」

首を傾げるトータに、諒が祭壇を飛び越えて駆け寄る。

「トータっ！」

「って、諒兄ちゃん⁉　痛い、痛いってば！」

抱きしめられたトータが悲鳴を上げるが、諒は構わずさらに力を込める。

それを見守っていた朱音の目からも、一筋の滴が流れ落ちた。

●

事件から数日経ち、大須の街は三大イベントのひとつ「夏まつり」の初日を迎えていた。

そんな賑やかな大須界隈に負けじと、「なご屋」にも長屋の住人や常連が集まっている。

今日は貸切での宴会。カウンターには数々の料理が並べられ、客はそれぞれに好みの飲み物を手にしていた。

するとと美禄がグラスを高らかに掲げながら、大きな声で呼びかける。

「じゃあ、トータくんの無事と新たなあやかしの誕生を祝って、かんぱーい！」

「「「かんぱーいっ！」」」

ゴッゴッゴッと鈍い音が響いた後、店内は盛大な拍手に包まれた。

初っ端から大盛り上がりの様子に、厨房の中の諒が笑顔を見せる。

「トータ、よかったな」

「うーん、でもこういうのって、なんかこそばゆいんだけど……」

手伝いという名目で厨房の中に避難していたトータが、もじもじと体をくねらせる。祝われることに慣れていないせいか、どうやら相当恥ずかしいようだ。

「いいんだって、どうせみんな口実作って呑んで騒ぎたいってだけだからさ。ほれ、今のうちにこれ食っとけ」

諒はそう言うと、予め取り分けておいた料理をトータに差し出す。

おから稲荷におからコロッケ、それにおから入り手羽先餃子。もちろんトータの大好物ばかりだ。

しかし、トータは皿をじーっと見つめると、ふるふると首を横に振る。

「うーん、今はいいや。それは諒兄ちゃんが食べて」

「どした？　遠慮せんでもいいんだぞ？」

思いがけないトータの言葉に首を傾げる諒。

するとトータが、上目づかいでそっと諒の顔を覗き込んできた。

「だ、だっておいら、こないだ諒兄ちゃんの分まで全部食べちゃったし……」

先日の事件の後、トータは「なご屋」へ戻るやいなや、神饌として奉げられた料理を吸い込むかのごとく猛然と食べていった。どうやら、無理やり覚醒させられた反動で、お腹を目いっぱい空かせていたらしい。

大皿いっぱい作ってあった料理もトータがほとんど全て食らいつくし、そのままコテンと寝てしまう。これには諒も朱音も、そして心配して集まってきていた一同もあっけにとられた。

トータの言葉に、諒は思わず噴き出してしまう。

そして、バンダナの上からポンと頭をひとつ叩くと、しゃがんで視線を合わせてからにっこりと微笑んだ。

「ありがとな。そしたらもーやーこ（シェア）にすっか？」

「うんっ！　じゃあこれ、はいっ！」

トータは手羽先餃子を二本掴むと、そのうち一本を諒へと差し出した。

諒はそれを受け取り、目の前に掲げる。

そして二人は、まるで乾杯するかのように手羽先餃子をコンとぶつけ合った。

「諒くーん、ビールおかわりーっ！」

「こっちはウーロン茶欲しいー！　ボトルのまんまもらっていいー？」

「はいはーいっ！　少々お待ちをーっ」

諒は手羽先餃子にガブッとかじりつくと、ビールの瓶をまとめてドンとカウンターに置く。トータもまたウーロン茶のペットボトルを一生懸命抱えていったのだが、これ幸いとばかりに客達にもみくちゃにされていた。

めでたい雰囲気に包まれる店内にふふっと笑みを浮かべると、諒はカウンターの一番奥の席へと視線を向ける。

そこでは、いつものように朱音が升を傾けていた。

「朱音さん、呑んでばっかりでは身体に悪いですよ？」

「何ぞこれしきのことで……と言いたいところだが、少々口寂しいな。何かあるか？」

「では、今日はこちらを。どうぞそのままかぶりついてください」

諒が差し出した皿には、こんがりと焼かれた揚げがぽつんとひとつ。

側面には切れ目が入り、中には何かが詰められているようだ。

朱音は箸を取ると、中身がこぼれないように注意しながらそっと齧りとる。

そして、一口、二口と噛みしめ、ニヤリと口角を持ち上げた。

「……なるほど、そういう趣向か」

サクッと焼き上げられた油揚げに詰められていたのは、甘辛く味付けされた牛肉のしぐれ煮。じっくりと丁寧に炊き込まれており、舌で潰すだけでホロホロと繊維が崩れるほどの柔らかさだ。

肉の周りの脂身が口の中で蕩けると、じゅわっと甘い脂の味わいが口の中いっぱいに広がる。共にじっくりと炊き込まれた玉ねぎも甘くトロトロ。少し多めの唐辛子が味わいをピリリと引き締め、千本に刻まれた針生姜が爽やかな辛みとシャキシャキとした歯ごたえを演出する。

これぞ酒呑みに合わせた大人の味わい。辛口の日本酒にもぴったりだ。

「ちょうど和牛のスジが入ったんで試しに作ってみました。いかがっすか？」

諒は口調こそ質問の形を取っていたが、その笑顔からは自信がみなぎっていた。

朱音もまた大きく頷く。

「なかなか憎いものを作るではないか。これは定番にいたせ」

「御意に」

最上の褒め言葉に、諒がそっと頭を下げる。

するとと、美味しいものを察知したのか、美禄が二人の間に首を伸ばしてきた。

「あーっ、朱音さんばっかりずるーいっ！　諒くん、私にもこれ頂戴っ！」

「あっ、今日は試作なんでこれっきりしかなくて……」

「えーっ、絶対今度作ってよねーっ！　そうそう、朱音さんも一緒にあっちで乾杯しましょ？」

「いや、妾はここで……」

朱音はやんわりと断るものの、頬を赤く染めた美禄は諦めない。

「そんなこと言わないでくださいよーっ。今日はお祝いなんですから、何回でも乾杯しましょーっ！」

「ちょ、ま、待たれよ……！」

美禄の首に巻き付かれた朱音が、半ば強引に連れ去られていく。

こうでもしないと朱音は皆の輪に入らないであろう。たまには良い機会だと諒はあえて止めることをしなかった。

もっとも、美禄は後でこっぴどく叱られるのであろうが。

すると今度はすっかり出来上がったディアナが手を上げ、大きな声で話し始める。

「ハーイ！　皆さんに提案だみゃー！　明日のコスプレパレード、今年も皆で参加しよみゃー！　ほんでもって、トータくんのお披露目もしよみゃー！　うー、ヒッ

「こすぷれぱれーど？　何それ？」

初めて聞く言葉に、トータが首を傾げる。

するとやはりご機嫌な様子の双葉がトータの疑問へと答えた。

「コスプレパレードってのはねー、大須の夏まつりの名物で、みんなで、アニメとかマンガとかゲームとかの格好をして、大須の街を一緒に歩こうってイベントだよー」

「でね、私達あやかしも、この日だけはあやかし姿をコスプレ風に見せて、レイヤーさん達に交じって練り歩いてるの。こういう機会でもないと、素の自分を見せられないもんね」

世界コスプレサミットの一環としても開催されるコスプレパレードは、二〇〇四年の初開催以来どんどんと規模を拡大。今では大須夏まつりのメインイベントのひとつとしてすっかり定着している。

特にここ数年は大須に暮らすあやかし達もコスプレの振りをしてこっそり参加をしており、普段はできない本来の姿での練り歩きを楽しんでいた。

門番としては気にはなるものの、年に一度限りということで朱音も見て見ぬふりだ。

そんな楽しそうなお祭りの話に、トータが目をランランと輝かせる。

「へーっ！　めっちゃ面白そう！　おいらもコスプレパレードしたーい！」

「じゃあそれで決まりだがねっ！　今年はトータくん中心でいこみゃー！」

「「「「おおーっ！」」」」

ディアナの掛け声に、一同が大きな声で鬨の声を上げた。

すると美禄がすすっと朱音に近寄り、にこっと微笑みかける。

「トータくんのお披露目なんですから、今年は朱音さんも参加してくださいねっ」

「なぬ？　妾は遠慮しておく。皆で楽しんでまいれ」

あまり前に出たがらない朱音は、これまで一度もコスプレパレードに参加したことがない。諒も朱音の艶姿も一度見てみたいとは思ってはいたものの、無理強いはできないと毎年諦めていたのだ。

しかし、今年のパレードには特別な意味が加わった。この機を逃してなるものかと、美禄がなおも朱音に食い下がる。

「そんなこと言わないで、せっかく超絶美貌の持ち主なんですから、朱音さんも一緒に出ましょうよー」

「む、朱音が出るのか？　ならば負けてはおれん！　私も明日は参戦するぞーっ！」

朱音のことになると異常な対抗心を燃やす麻里が、一人勝手に闘志を燃やしている。

するとが珍しく、口角を持ち上げながらその売り言葉を買い取った。

「お主の場合は気合を入れねばならぬが、妾はこのままでも十分に勝機があるでな。まぁ、せいぜい気合を入れてめかし込むがよい」

「なにをーっ！　よーし、明日は見ておれよーっ！」

「ってことは、朱音さんも出てくれるってことですよね？」

迂闊なことを口にしたことに気付き、朱音がはっと目を見開く。

しかし、ふっと表情を緩めると、コクリと頷いた。

「まぁたまには良いじゃろう。お主らに付き合うてやるとするか。諒、もちろんお主も出るんじゃぞ？」

「お、俺も？」

人を呪わば穴二つ。静観を装いながら内心で喜んでいた諒にも、見事なまでに火の粉が降りかかってきた。

しかし、こうなるともう止まらない。美禄がすっとスマホを取り出す。

「大賛成ーっ！　そしたら、早速どんな格好してもらうか考えないとーっ！」

「妾だけが恥をかくのは許さぬ。明日はきっちり妾のエスコートをするのじゃ。これは大家としての命令じゃ！」

「ま、まじっすかーっ！」

理不尽な命令に、諒の顔から血の気がさーっと引いていく。

しかし、トータの記念になるならと、諒もまた朱音と同じように参加を受け入れるのであった。

結　祭りの後とささやかな日常

お盆も過ぎ、夏もいよいよ大詰めとなったある日の朝。

諒はいつもと同じように静かな朝を迎えていた。身体を起こしてうーんと伸びをすると、ふぅと息をついてからふすまの向こうに呼び掛ける。

「おーい、トータも起きろーっ……ってそうか、もういなかったっけ」

諒はポリポリと頭を掻きながら立ち上がると、神職としての狩衣姿へと手早く着替え始めた。

夏の暑さも盛りを過ぎ、朝晩は幾分か涼しさも感じられるようになってきている。秋の訪れを感じながら、諒は一人静かに北野神社の境内を掃き清めていた。

コスプレパレードへの乱入も無事に終わった後で、トータは「門」をくぐって神域へと旅立っていった。

半神半妖のおからねことして目覚めたトータだったが、現状では霊力がまだ不安定。その隙を良からぬもの達に突かれると再び「悪霊」にさせられてしまう恐れがあった。

そこで朱音は、トータの神としての霊力を高めるため、神域での修行を積ませることとしたのだ。トータは一度は渋ったものの、このままではまた苦しい思いをすると説得され、「門」をくぐることを決意する。折しもお盆の時期、神域へと帰省する玄一郎に連れられて、トータは修行に旅立っていた。

「高天原に神留まり坐す、皇親神漏岐神漏美の命以ちて、八百万神等を神集へに集へ給ひ、神議りに議り給ひて……」

諒が祝詞を奏上しながら、心の中でトータへの声援を送る。

たった半年と少し共に暮らしただけの相手なのに、まるで自分の片割れがいなくなったかのような喪失感を感じていた。両親を亡くし、兄弟もいない諒にとって、トータはまさに家族のような存在であった。

半月ほどが経った今でも、部屋の静けさに一抹の寂しさを覚えるときがある。

しかし、いつまでも引きずっていては、神域で頑張って修行しているトータに笑われてしまうであろう。諒は想いを祈りへと昇華させ、祝詞に祈りを込めていた。

「……祓へ給ひ清め給ふ事を、天津神国津神八百万の神等共に聞食せと白す」

諒はふぅと一息つくと、賽銭箱から浄財を回収していく。

先に本社の賽銭箱の中身を取り出すと、続いて稲荷社の賽銭箱の蓋も開ける。

「ふぅ、相変わらず少ねぇなぁ……」

数枚の賽銭を拾い集め、それを袂に納めてから再び鍵を閉める。

そして本社に納めた神饌を下げようとしたとき、ふと、おかしなことに気が付いた。

「あれっ？　なんで稲荷がないんだ……？」

トータが神域へと旅立ってから、諒は酒、飯、塩の基本の神饌に、おから稲荷を欠かさず供えている。しかし、賽銭を集めて戻ってくると、おから稲荷がのっていたはずの皿が忽然と姿を消してしまっていた。

「っかしいなぁ。確かにここに……」

いくらなんでも、供え忘れたということは考えられない。とはいえ、辺りに人影は見当たらず、盗まれたわけでもなさそうだ。持っていくとすればカラス程度であろうが、今朝の北野神社の周りは静かなもので、カラスはおろかネズミ一匹いる気配がない。

まるで狐につままれたような気持ちで、諒は「なご屋」へと戻る。朝営業の準備がある以上、のんびりはしていられない。

すると、店内には既に先客が待ち構えていた。

「あっ！　諒兄ちゃんおかえりーっ。これもらってるよー」

「おー、そうかー。おまえが持ってって……って、トータ⁉　なんでここにっ⁉」

諒は驚きのあまり、下げてきた神饌をあやうく落としそうになってしまう。

するとトータは、旅立つ前と変わらない笑顔を見せた。

「とりあえず修行終わったから、戻ってきたんだ。おいらの場合、あとはこっちでいろいろ勉強したほうがいいみたい。もー、二年も修行漬けだったから大変だったんだよー」

頭から生えた猫耳をぴょこぴょことさせているのは、相変わらず仮姿への変化ができないのか、それともわざとなのか。

いずれにせよ、そこにいたのは、トータで間違いがなかった。

「お、おう、ってか二年⁉　いや、こっちはまだ二週間しか経ってねーぞ？」

「そうなの？　そういえば、神域とこっちじゃ時間の進み方が違うって言ってた気がするから、きっとそのせいだよ」

口調こそはあまり変わらないが、トータの顔は最後に見たよりも幾分か精悍なものとなっていた。良く見ると、背丈も少し伸びている。

「ということだから、またここで一緒に暮らしていい？　あっ、でも別のほうがいいんかなぁ……」

「ん？ 俺は別に一緒でいいぜ？ てか、なんで戻ってきてそうそう水臭いこと言うんだよ」

随分と寂しい物言いに、諒が思わず口をとがらせる。

するとトータから返ってきたのは、思いもよらない言葉であった。

「えーっ、だっておいらが一緒じゃ、朱音さん連れ込めないでしょっ？」

「ったく、てめぇは何を覚えてきてんだよっ！」

諒が握りしめた拳を勢いよく振り下ろすと、ゴーンと良い音が店の中に響き渡った。

トータは頭を押さえながら、上目づかいで諒を睨みつける。

「いってぇ！ うー、せっかく戻ってきたのにいきなりこれかよーっ」

「ガキが変な気を回してんじゃねえよ！ てか、こっちじゃ二週間しか経ってねぇんだぞ！ 前と何も変わってねーよっ」

「あー、やっぱり？ そんな気がしたんだ」

トータが軽口を叩くと、再びゴーンと音が鳴り響いた。

一瞬の沈黙ののち、二人はケタケタと笑い出す。

するとそこに、朱音が姿を現した。

「朝からずいぶん賑やかじゃのう。トータ、諒は驚いたか？」

「うん、こんな顔してたー！」

　大げさに驚いた顔を作るトータ。

　それを見た諒が、慌ててトータを止めにかかる。

「やーめーろーやーっ！　ってか、朱音さんもグルだったんすかーっ！」

「何の話じゃ？　妾は正しく『門』をくぐってきたあやかし（トータ）をいつも通り迎え入れただけじゃよ。まぁ、お主に言うのをうっかり忘れてはおった故、立会も玄一郎に頼んだのだがな」

　朱音はニヤリと口角を持ち上げる。

　完全にやられたと分かった諒ははぁと大きく溜め息を吐く。

「ったく、こんなサプライズいらないっすから……。てか、トータ、戻ってきたんだったら早速手伝いを頼むわ。働かざる者食うべからずがここの掟だからな。ですよね、朱音さん？」

　諒の言葉にコクリと頷く朱音。トータもまた「分かってまーすっ」と二つ返事でバンダナを頭にぎゅっと巻きつけた。

　再び戻ってきた賑やかな日常に、すっかり顔をほころばせる諒であった。

本書の刊行にあたりご協力を頂きました大須商店街及び大須界隈の皆様、三輪神社様、歯車壱式様、並びに名古屋めし普及促進協議会様に深く御礼を申し上げます。

※本書は書き下ろしです。この物語はフィクションです。作中に同一の名称があった場合でも、実在する人物、団体等とは一切関係ありません。

宝島社
文庫

大須裏路地おかまい帖
あやかし長屋は食べざかり
（おおすうらろじおかまいちょう　あやかしながやはたべざかり）

2018年5月5日　第1刷発行

著　者　神凪唐州
発行人　蓮見清一
発行所　株式会社 宝島社
〒102-8388　東京都千代田区一番町25番地
電話：営業 03(3234)4621 ／編集 03(3239)0599
http://tkj.jp

印刷・製本　株式会社廣済堂

ISBN978-4-8002-8176-0